홍랑

홍랑

虹朗

장다혜 글 · 바나 그림

북레시피

작가의 말

소설 『탄금』에 보내주신 사랑 덕분에 드라마와 웹툰 그리고 번역본으로 해외독자들까지 만나게 된 것을 무척 영광으로 생각합니다. 더 많은 독자께 더 쉽게 다가가고자 기존의 서스펜스를 덜어내고 홍랑과 재이 그리고 무진의 이야기만을 따로 추려 『홍랑』을 출간하게 되었습니다. 세 주인공의 엇갈린 로맨스가 바나 작가님의 아리따운 일러스트와 함께 다시금 여러분의 마음에 가닿기를 기대합니다.

— 장다혜

운명처럼 만난 장다혜 작가님의 소설 『탄금』의 매력적인 캐릭터들을 직접 그릴 수 있게 되어 영광이었습니다. 제 그림이 독자님들의 마음속에서 더 아름다운 상상력을 꽃 피우는 데 도움이 되기를 바랍니다.

— 바나

주요 인물 소개

재이

씨받이 소생인 민상단의 외동딸. 아우가 실종된 후 감금된 탓에 시허연 얼굴엔 싸늘한 냉기뿐이다. 지옥 같은 상단을 탈출해 직접 아우를 찾아 나서는 것이 소원. 그것만을 위해 악착같이 돈 모으는 데 골몰한다. 돌아온 홍랑을 경멸하고 밀어낼수록 그가 점점 마음속으로 들어온다.

홍랑

유년의 기억을 잃고 십 년 만에 귀환한 민상단의 외아들. 하얀 피부에 곱상한 얼굴이나 오랜 칼잡이 생활로 유난히 날카롭고 강렬한 눈매를 지녔다. 거침없는 상남자와 장난스러운 소년의 모습이 공존하지만 사실은 절망, 증오, 자기혐오로 점철된 냉혈한이다. 일생일대의 계획이 재이를 만나 어그러지기 시작한다.

무진

몸값 이천 냥에 팔려온 민상단의 양자. 묵향이 나는 몸씨며 단정한 품행이 장사치라기보단 선비 같다. 양부모의 괄시 탓에 단주에 오를 날만을 꿈꾸며 마음속에 칼을 품고 있지만 재이에게만은 한없이 다정하고 착해 빠진 오라비다. 귀환한 홍랑이 제 자리를 빼앗고 재이의 마음까지 뒤흔들자 나락으로 떨어져 처절하게 몸부림친다.

심열국

데릴사위로 들어와 민상단의 단
주가 된 장사꾼. 부인 민씨가 재
산을 몽땅 틀어쥐고 넘기지 않
자 새로이 예술품 거래 사업에
뛰어든다.

민씨 부인

거상 민반효의 무남독녀로 민상
단의 실세. 금지옥엽 아들의 실
종 후 신경쇠약에 빠져 무속신
앙에 전적으로 의지한다.

한평 대군

임금의 하나뿐인 아우이자 혹
여 왕권을 위협할까 정치는 물
론 후사도 잇지 않는 충성스러
운 신하. 민상단의 뒷배로 소문
난 미술광이다.

인회

홍랑의 의형제이자 벙어리 칼잡
이. 얼굴은 계집애 같지만 출중
한 무예로 홍랑을 지킨다.

육손

민씨 부인의 싸울아비. 육척장
신에 손가락이 여섯 개로 웃전
의 명만 수행한다.

을분 어멈

정도 눈물도 많은 유모. 재이를
친딸처럼 아낀다.

귀곡자

희대의 만신. 민씨 부인이 무한
히 신뢰하고 의지하는 무녀다.

송월

해월루의 여객주. 다 죽어가는 홍
랑을 거두어 칼잡이로 키워냈다.

목차

기
해
년

다시 오지 않을 봄날

색동저고리를 휘날리며 노을 진 들판을 가로지르는 건 여덟 살 홍랑이었다. 허겁지겁 뒤를 돌아볼 때마다 찹쌀떡 같은 볼은 실룩댔고 앙증맞은 입에선 연신 가쁜 숨이 터져 나왔다. 지금은 누이를 피해 달리는 중이었다. 정확히는, 두 손바닥을 맞붙여 동그랗게 부풀린 누이의 손을 피해 달아나는 것이었다. 사과를 통째로 감싸 쥔 듯한 손 모양새로 보아 큰 곤충을 잡은 게 틀림없었다. 거대한 장수하늘소를 상상한 찰나 뒤통수에 누이의 손끝이 닿았다.

"흐아아아앗!"

앞으로 꼬꾸라져 나뒹굴면서도 홍랑은 정신없이 손사래를 쳐댔다.

"그만, 그만! 항복이라니까!"

누이는 아랑곳 않고 깔딱숨을 쉬는 아우의 코끝에 주먹을 갖다 대곤 냅다 펼쳤다. 기겁한 홍랑이 질끈 눈을 감다 말고 누이의 손바닥을 흘끔댔으나 거기엔 벌레는커녕 시든 풀잎 한 장만이 팔락일 뿐이었다.

"또 속았지, 하하하하하!"

재이는 배를 움켜쥐고 허리까지 꺾어대며 웃어 젖혔다. 온몸으로 분통을 터뜨리는 아우의 버둥거림을 장난스레 따라 하기까지 하였다.

멀찌감치 삼삼오오 모여 쑥을 캐고 있던 아낙들이 혀를 끌끌 찼다.

"어린 웃전을 아주 갖고 노네 놀아. 대체 뉘 집 종년이래?"

"종년이라니, 큰일 날 소리! 민상단 댁 애기씨 아냐!"

"그, 그럼 남매라고? 저 둘이? 한데 따님이 왜 저리 꾀죄죄해?"

"씨받이 배에서 나온, 그것도 계집애를 민씨 부인이 예뻐라 하겠어?"

남매의 상반된 옷차림이 과연 오해를 살 만하였다. 피부색 또한 누이는 종년마냥 까무잡잡한 반면 아우는 대갓집 도령답게 희디희었다. 한 살 많지만 이지러질 '재昃' 떠날 '이離'라는 하찮은 이름의 계집은 무지개 '홍虹'에 밝을 '랑朗' 자를 쓰는 옥동과 결코 같을 수가 없었다.

"네 이년! 내 아드님을 여태 끌고 다녔더냐!"

깡마른 몸에 두툼한 백비단을 두른 민씨 부인이 재이를 향해 앙칼지게 소리쳤다. 막 해가 떨어진 안채 마당에 횃불이 놓여 있고 유모인 을분 어멈까지 안절부절못하는 것으로 보아 홍랑을 찾기 위해 진즉 가병들을 푼 모양이었다. 뎅글뎅글 눈알만 굴리던 홍랑이 어미의 치맛자락을 살짝 잡아당기며 목소리를 쥐어짰다.

"제가 누이에게 더 놀다 가자고 떼를 쓴 것입니다."

민씨 부인은 자신을 쏙 빼닮은 아들을 인자하게 바라보았다. 그 손목에 난 작은 생채기 하나에 어미의 눈시울이 떨렸다. 그러나 홱 고개를 틀어 다시금 딸년을 째려보는 건 매서운 계모의 눈초리였다.

"이 못된 년! 아드님의 상처가 다 아물지 않았으니 조심 또 조심하여야 하거늘! 네 막돼먹은 행동이 아드님을 위험에 빠뜨린다 내 몇 번을 말했느냐!"

"홍랑이 다 나았다고 했슙……."

"닥치지 못할까! 당장 네 처소로 돌아가! 요암재에서 삼일간 단 한 발짝이라도 나오면 물고를 낼 것이야!"

금족령이 어디 어제오늘 일인가. 입을 삐죽이며 요암재로 돌아온 재이는 단숨에 지붕 위로 올라갔다. 그리고 수키와 한 장을 빼내고 저만의 비밀공간으로 손을 쑥 집어넣었다. 거기서 천리경 하나를 꺼내 삼단으로 쭉 늘리자

곧 작은 동그라미 안에 어둠이 내리기 시작한 민상단이
들어왔다.

한양 북촌의 내로라하는 대갓집 사이에서도 가장 큰 저
택이었다. 솟을대문과 담장은 흰 벽돌로 쌓아 올렸고 후
원과 우물을 따로 구비한 별채도 열 개가 넘었다. 이런 집
안에 데릴사위로 들어와 단주가 된 심열국은 미술품 거래
에 주력하며 고급스러운 집무재를 설계하였고, 상단의 진
정한 주인인 민씨 부인 또한 궁궐과 비교될 만큼 화려한
안채를 지니고 있었다. 하나뿐인 아들, 홍랑의 처소인 광
명재엔 이름에 걸맞게 밝은 등촉이 놓이는 중이었으나 북
쪽 끝에 위치한 재이의 요암재는 말 그대로 음산한 기운
뿐이었다. 지붕에 비스듬히 누워 있던 재이는 시큰한 눈
두덩을 쓰윽 닦아내었다. 저녁상을 괜히 물렸다. 햅쌀로
밥을 짓는지 오늘따라 찬간 굴뚝을 통과한 흰 연기에 자
르르 윤기가 흘렀다.

우르릉 쾅쾅! 천둥번개가 치는 한밤중에 빼꼼, 재이의
방문이 열렸다. 쏙 얼굴을 디민 것은 홍랑이었다.

"누이, 자?"

놀란 재이가 이불을 들춰 보이며 빨리 들어오란 손짓을
했다.

"나 무서워. 여기서 잘래."

홍랑이 이불 안을 비집고 들며 주먹만 한 보자길 내밀

었다. 어둠을 타고 촉촉한 단
내가 훅 끼쳤다. 재이는 그 말
랑한 약과 두 개를 겹쳐 냉큼
한입 크게 베어 물었다.

"아, 맛있다! 너도 같이 먹어. 젤
좋아하는 거잖아."

"손 끈끈해지는 거 싫어."

"아- 해, 그럼."

잇자국이 난 약과를 아우의 입에 넣어주곤 자신의 엄지
와 검지를 야무지게 핥은 재이가 몸을 휙 뒤집어 천장을
보고 누웠다.

"곧 새끼 제비가 알을 깨고 나올 텐데."

"내가 보고 얘기해줄게."

"땅꼬마가 그 높은 안채 처마를 무슨 수로? 남산의 동
백꽃도 사흘 후엔 다 져버리겠지?"

"꺾어다 줄까?"

"피, 웃기시네."

"진짠데? 꺾어올 수 있는데?"

급하게 제 소맷자락을 헤집은 홍랑이 범발톱 노리개를
꺼내 덥석 누이 손에 쥐여주었다. 날카로운 호랑이 발톱
끝부분을 은으로 감싸고 윗부분에 칠보장식을 한 이 물건
은 무려 조선 최고의 무당, 귀곡자에게서 받은 부적이었
다. 손어림만으로 금세 물건의 정체를 파악한 재이가 흠

칫 놀라 되물었다.

"정말 꺾어올 거야?"

"약속! 그때까지 이거 갖고 있어. 누이가 좋아하는 홍동백 이만큼 따다…… 으악!"

쿠르릉 쾅쾅! 천지를 뒤흔드는 우렛소리에 홍랑은 말을 하다 말고 와락 누이의 품을 파고들었다. 재이는 그런 아우를 꼭 보듬고는 도닥였다.

"산촌에 눈이 오니 돌길이 묻혔구나. 사립문을 열지 마라. 날 찾을 이 뉘 이시리. 밤하늘 한 조각 밝은 달 그것이 내 벗인가 하노라."

재이는 와지끈한 천둥소리를 지워내려고 아우가 좋아하는 신흠*의 시구를 흥얼댔다. 그 익숙한 타령에 홍랑은 곧 두 팔을 위로 뻗고 나비잠에 들었다. 재이는 턱 밑에 자리 잡은 아우의 긴 속눈썹을 손끝으로 촘촘히 쓸어내렸다. 간지러운 듯 떨리는 눈시울을 보며 소녀는 해끗 웃었다. 요 귀여운 아우를 또 어찌 골려줄까 골몰한 때문이었다.

---

* 조선 인조 때의 학자, 문신(1566~1628).

사라진아이

민상단은 매해 큰돈을 들여 집채를 손보았고 올봄도 예외가 아니었다. 안채 마당 여기저기에도 공사 자재들이 켜켜이 쌓여 있었다. 절에 다녀온 민씨 부인이 가마에서 내리자마자 빽 소리를 내질렀다.

"어찌 이리 어수선하게 해놓은 것이야!"

을분 어멈이 급하게 뛰어와 머리를 조아렸다.

"마…… 마님, 벌써 오셨어유. 그것이…… 인부들이 안채 중문을 고치고, 우물을 메우고, 묘목까지 심다 보니께 해가 떨어져서……."

"어서 싹 치우라 이르게! 어서!"

"예, 예."

"한데, 내 아드님은 어디 계신가?"

22

곧 횃불들이 군무를 추듯 일사불란하게 움직이고 부산한 발걸음들이 흩어졌다 모여들었다. 심열국의 품에 늘어져 있던 민씨 부인은 재이가 중문을 넘어 들어오자마자 냅다 뺨부터 후려갈겼다. 조막만 한 머릿박이 휙 돌아갔다.

"괘씸한 것! 아드님이 사라진 줄도 모르고 나자빠져 있었더냐!"

재이는 당차게 계모를 지르보았다.

"금족령을 내리신 건 어머니잖아요!"

그때 민씨 부인이 눈알을 희번덕이며 재이의 품에서 범발톱 노리개를 낚아챘다.

"아니……! 이 귀한 부적을 어, 어찌하여 네년이……!"

"홍랑이 남산의 동백꽃을 꺾어온다며 가지고 있으라고……."

"뭐어! 남산? 그 험한 산길로 어린 것의 등을 떠밀었단 것이냐! 네가 정녕 미치지 않고서야!"

휘청대는 민씨 부인을 심열국이 급히 부축하였다.

"진정하세요, 부인! 도성 밖까지 사람을 보냈으니……."

"놓으세요! 작심하고 집안 말아먹으려는 년을 대감께선 어째 계속 싸고도십니까!"

"그만하세요!"

"감히 네까짓 게 아드님의 부적을 빼앗아! 그리 악한 짓을 하고도 살아남길 바랐더냐!"

민씨 부인이 정체 모를 괴력으로 재이의 머리칼을 잡아
챘다. 모두가 달려들어 말렸지만 이성을 잃은 어미의 살
기를 그 누구도 잠재울 수 없었다.

이부자리에서 뒤척이던 재이가 번뜩 눈을 흡떴다. 무덤
속에 갇힌 듯 별안간 숨이 쉬어지질 않아서였다. 민씨 부
인이 홍랑 실종의 죄를 물어 애꿎은 재이를 감금한 탓에
어둠이 그만 공포가 되어버린 것이었다.
"을, 을분 어멈······! 을분 어멈!"
가슴을 부여잡은 재이가 본능적으로 고개를 젖혔다. 숨
이 꼴딱 넘어가려는 찰나, 이불 머리맡 즈음에 놓여 있을
자리끼를 가늠하며 손을 휘적대었다. 곧 우당탕 요란한
소리를 내며 사기그릇이 방바닥에 나뒹굴었다. 그 소란에
을분 어멈이 허겁지겁 뛰어 들어왔다.
"아이고, 애기씨! 지 왔어유, 왔구먼유."
촛불이 켜지고 찬물까지 대령되었으나 애기씨는 시허
예진 몰골로 고된 숨을 몰아 쉴 뿐이었다. 진이 다 빠진
그 자그마한 얼굴에서 가만가만 식은땀을 찍어내던 유모
가 끝내 눈시울을 붉혔다.
"약수니께 꼴딱 생키고 다 잊어뿌러유. 대감마님께서
조선 천지를 뒤지고 있응께 홍랑 도련님은 곰방 돌아오실
거고만유. 긍께 애기씬 맘 푹 놓고 주무셔유, 예?"

폭설에 온 소년

인왕산 자락 한평 대군의 별서. 사랑채에 든 심열국은 커다란 덩치를 움츠리며 헛숨을 삼켰다. 흰 망사 날개를 단 모시나비, 얼룩무늬가 있는 표범나비, 날개의 맥이 검게 도드라진 제비나비 등 울창한 숲에 사는 나비들이 방 안을 자유로이 노니는 이채로운 풍경 때문이었다. 봄철만 되면 노비들을 몽땅 풀어 희귀 곤충을 잡아들인다는 얘기가 결코 풍문이 아니었다.

금상의 하나뿐인 형제인 한평 대군은 늘 그렇듯이 몇 끼를 건너뛰고 잠도 잊은 채 그림에 극도로 몰두한 상태였다. 초췌한 몰골로 나비의 유려한 날갯짓을, 꽃을 빠는 기다란 대롱을, 신비한 두 개의 겹눈을, 미세한 더듬이를 여러 각도에서 관찰하고 빠르게 그려낼 뿐이었다. 한

날 밑그림일 뿐인데도 흠을 찾을 수 없을 정도로 완벽하였다. 이런 비범한 몰입 탓에 한창 난을 치던 당시엔 벼루 열 개를 구멍 내었다는 소문까지 났으리라. 이토록 미술에 조예가 깊은 대군을 등에 업은 덕에 심열국은 수많은 연줄과 고급 단골들을 확보하며 승승장구하였다. 그렇게 벌써 칠 년이란 세월이 흘렀다.

대군 앞에 한참을 엎드려 있던 심열국이 자개함 하나를 꺼내곤 조심스레 뚜껑을 열었다. 그 안에 조개껍데기를 갈아 넣은 패분 안료들이 짜르르 빛을 내었다. 그제야 한평 대군은 고개를 들어 쓰윽 심열국에게 눈길을 주었다.

"금지옥엽을 잃고 얼마나 상심이 크신가. 내 가능한 한 힘을 보태겠네."

"대군마마께서 살펴주시니 감읍할 따름이옵니다."

"그러니 자넨 질 좋은 소품이나 차질 없이 마련하시게."

"이를 말씀입니까. 공집사를 보내시면 재깍 대령하겠나이다."

상단으로 돌아온 심열국의 시름이 깊었다. 참으로 귀신이 곡할 노릇이었다. 홍랑의 용모파기를 제작하여 조선 팔도에 뿌린 지가 열흘이 넘었다. 얼굴 묘사에 공을 들인 것은 당연하고 실종 당시 입고 있던 철쭉 빛 도포와 손목에 차고 있던 비취 염주까지 세세히 그려 넣었으나 단 한 명의 목격자도 나타나지 않았다.

뿐인가. 사방팔방 무수히 많은 사람을 풀고 거금을 들여 조선 최고의 추노꾼, 독개까지 고용하였음은 물론 민씨 부인의 성화에 못 이겨 큰 굿판까지 벌였으나 여태 그 어떤 실마리도 찾지 못했다. 엎친 데 덮친 격으로 상단에 선 빈 후계자 자리를 놓고 이상한 경쟁까지 붙었으니 심열국은 끝내 결단을 내렸다. 민씨 부인의 거센 반대에도 불구하고 양자를 들이기로 한 것이었다.

밤새 눈이 내렸다. 희게 날이 밝자 남루한 소년 하나가 집무재에 들었다. 어깨에 쌓였던 눈송이가 흠뻑 녹아내렸으나 무릎을 꿇은 꼿꼿한 자세엔 한 치의 흐트러짐이 없었다. 자신이 돈에 팔려 온 것을 모르지 않았으나 초롱초롱한 눈망울엔 원망이라곤 없었다. 심열국은 그게 마음에 들었다. 몰락한 가문이긴 하여도 뼈대 있는 양반 핏줄은 결코 속일 수 없는 것이었다.

"생부도, 가문도 모두 잊어라. 너는 민상단의 아들로 다시 태어난 것이다."

"명심하겠습니다."

"부영이 게 있느냐?"

깔끔한 흰 도포를 두른 사내가 날래게 들어와 무릎을 꿇곤 머리를 조아렸다. 후덕한 용모에 서글서글한 눈매가 선한 인상이었다.

"앞으로 널 보필할 수행원이다."

　그때 문밖에서 작은 기척이 들려왔다.

　"아버님, 재이입니다."

　심열국은 딸을 부른 참이었다. 재이가 두 살 많은 새 오라비에게 인사는 올려야 하기 때문이었다. 재이가 방문을 넘기 무섭게 밖에서 한바탕 소란이 일었다. 우당탕 집무재에 들이닥친 것은 민씨 부인이었다. 놀란 소년이 벌떡 일어나 공손히 두 손을 모으고 참하게 고개를 숙였다. 심열국이 짜증을 숨기며 부인을 맞았다.

　"좀 단장을 하여 인사시키려 하였소만…… 어머님께 인사 올려라."

"아니요! 날 어미라 부를 수 있는 것은 오직 내 아드님 뿐입니다!"

민씨 부인은 칼눈으로 소년을 쩌리다 말고 다시금 심열국을 바라보았다.

"기어코 뜻대로 양자를 들이셨으니 저것의 이름은 제가 지었습니다."

흰 봉투 하나가 방바닥에 떨어졌다.

"자, 이것이 네 이름이다. 이곳에선 이리 불릴 것이야! 똑똑히 들어라, 네놈은 그저 내 아드님의 자리를 표시하는 말뚝일 뿐이야! 하니 착각 말고 납작 엎드려 살아라. 그렇지 않으면 조악한 물건으로 사기를 친 죄로 네 아비부터 물고를 낼 것이야. 알아들었느냐!"

심열국이 부인을 억지로 데리고 나가자 널찍한 집무재에 일순 정적이 내려앉았다. 소년은 어머니란 여인이 내던지고 간 봉투를 뜯었다. 없을 무無, 다할 진盡. 그 두 글자를 본 재이가 예사롭게 말했다.

"난 재이예요. 이치러질 재, 떠날 이."

무진은 왜인지 그 말이 위로가 되었다. 제 이름보다 더한 뜻을 가져서가 아니었다. 별일 아니라는 듯 심드렁한 목소리가 제게 닥친 이 엄청난 현실을 대수롭지 않게 느껴지게 한 때문이었다.

기
유
년

(10년 후)

봄

남매의 속사정

봄을 가장 먼저 알리는 풍년화가 뒷마당 가득 피었다. 이름도 없이 '무명재'로 불리는 무진의 처소였다. 민상단의 화려함과 동떨어진 이 초라한 집채에도 제멋대로 날아와 핀 들꽃들로 잠시나마 생기가 돌았다. 무늬 없는 옥색도포 차림으로 대청마루에 정좌한 무진은 장사치가 아니라 청렴한 선비 같았다. 콧대 위에 놓인 동그란 안경 때문에 더 그리 보이는 것일지도 몰랐다. 그는 자작나무처럼 희고 긴 손으로 찻잔을 건네며 창백하기 그지없는 누이를 바라보았다. 벗 한 명 없이 여태 상단 안에만 갇혀 살았으니 어릴 적 개구진 입매도, 장난기 가득한 눈초리도 일절 남아 있지 않은 것이 당연하였다.

"이 홍옥, 경매에 내면 사백 냥은 족히 넘겠지요?"

"어허, 석 달 만에 본 오라비에게 또 돈 얘기냐?"

무진은 막 변방 시찰에서 돌아온 참이었다. 서슬 퍼런 민씨 부인 탓에 그는 미술품을 취급하는 상단의 주요 업무에서 완전히 배제되었고 당연히 그림을 보는 심미안도, 골동품의 값을 매기는 감별안도 키울 여력이 없었다. 늘 주어지는 업무라곤 조선팔도를 돌아다니며 민상단의 분점을 돌아보는 것뿐이었으나 무진은 그렇게 묵묵히 십 년을 버텼다. 심열국이 죽으면 제 세상이 오리란 믿음, 그거하나 때문이었다.

"조금만 더 모으면 돼요. 거의 다 모았단 말입니다."

"또 그 말도 안 되는 소리."

"뭐가 말이 안 돼요? 언제까지 집구석에서 다식만 빚으라고요! 연경에 갈 겁니다. 가서 꼭 아우를 찾을 겁니다!"

"어허! 부모님께서 백방으로 손을 써두셨다 하질 않느냐. 네가 나설 일이 아니라니까."

그간 홍랑을 찾아 헤맨 추노꾼들의 의견은 한결같았다. 조선팔도 사방을 다 뒤졌는데도 없는 건 둘 중 하나라고. 이미 죽었거나 청나라로 넘어갔거나. 그러나 시체에도 기와집 한 채 값의 현상금이 걸려 있으니 절대 죽었을 리 없다. 청으로 갔다는 결론이 났다. 재이는 십 년이란 세월까지 지났으니 홍랑을 알아볼 수 있는 이는 오직 자신뿐이라고 여겼다. 어떻게든 청나라의 중심, 연경에 가서 꼭 아우를 찾고 말리라.

"혼담이…… 오갔다 들었다. 밀양 김주사 댁 장자라 했던가?"

"이번에도 사내처럼 괄괄하게 큰소리 몇 번 쳤더니 매파가 대번에 꽁무니를 빼던걸요."

"너도 참."

피식 웃은 무진이 품을 뒤적였다.

"손 좀 내밀어보거라."

재이의 손바닥에 떨어진 것은 용이 새겨진 금장도였다. 은장도도 아닌 금장도를 재이는 처음 보았다. 그것을 요리조리 살펴보다 말고 그녀가 번뜩 고개를 들었다.

"어째…… 이상합니다? 혼담이 깨질 때마다 오라버니께 선물을 받는 것 같으니. 혹 오라버니께서…… 저를……."

누이가 수상쩍은 눈초리를 하니 오라비가 다급히 안경을 벗어들었다. 그러곤 작은 수건을 꺼내 애꿎은 수정알을 더 투명하게 닦아내었다.

"저를 혹여……?"

"무…… 무얼?"

"딱하게 여기시는 겁니까?"

"그, 그럼! 그렇지! 딱하다마다! 네가 처녀 귀신이 되면 누굴 괴롭히겠느냐? 만만한 게 이 오라비뿐이니 뻔질나게 꿈에 찾아와 연경에 데려가라고 떼를 쓰지 않겠느냐?"

늘 집에만 갇혀 있는 재이와 늘 집 밖을 떠돌아다녀야 하는 무진. 이 상반된 오누이는 서로에 대한 애틋함을 이런 말장난으로 주고받았다.

"참, 곧 아버님이 오라버니께 단주 자리를 물리신답니다."

상단의 든든한 뒷배였던 한평 대군이 반년 전 죽었다. 민상단의 기세는 단박에 꺾였다. 심열국마저 앓기 시작한 것은 모두 그 때문이었다. 무진은 상단을 물려받을 날이 얼마 남지 않았단 생각에 속으로 웃었다. 우두머리가 된다는 사실보다도 재이를 이 집구석에서 꺼내줄 수 있단 기대, 그 하나 때문이었다.

온양의 별채에서 십 년째 요양 중인 민씨 부인은 하루가 다르게 말라갔다. 누군가는 차라리 아들의 시체라도 찾으면 이리 애타지는 않을 것이라며 위로하였으나 민씨 부인은 무소식을 희망 삼아 근근이 연명 중이었다. 동이 트기가 무섭게 불쑥 안방으로 들어선 건 그녀가 오매불망 찾아 헤매던 귀곡자였다. 기를 받기 위하여 조선팔도의 명산을 떠돌며 기도만 하는 무당이라 금덩이를 준다 하여도 만날 수 없는 귀한 분이었으나 이 순간 정신마저 놓은

41

민씨 부인은 축 늘어진 채 입만 뻥끗거릴 뿐이었다.

"어찌 한가롭게 예 계십니까!"

합죽 오그라진 귀곡자의 입에서 웃전을 질책하듯 카랑카랑한 음성이 튀어나왔다.

"곧 귀한 손님이 당도할 것인데 어찌 이러고 계시냔 말입니다!"

그제야 민씨 부인이 널브러져 있던 몸을 추스르며 부스스 일어났다. 멍하니 풀어져 있던 눈에 서서히 초점이 돌아왔다.

"귀한…… 손님……?"

"서두르십시오. 어서 도성으로 올라가 손님 맞을 채비를 하셔야지요."

산만 봐도 절을 하고 물만 봐도 기도를 올리는 민씨 부인이었다. 아들을 잃고는 숫제 귀곡자를 맹신하며 떠받들었으니 그 말 한마디가 그녀에게 기이한 힘을 주었다. 곧 민씨 부인의 가마가 한양을 향했다. 웃전의 마음을 읽은 싸울아비 육손은 가는 길 내내 가마꾼들을 닦달하였다.

독
개
가
왔
다

　재이는 요암재와 옆구리를 맞댄 자신의 과방에서 작업 중이었다. 드높은 천장 아래 커다란 솥에선 짜글짜글 기름이 끓고 흰 광목 치마를 두른 열 명의 찬모들은 바삐 손을 놀렸다. 기다란 작업대엔 유과, 강정, 정과 등 각종 과자들이 반질반질 윤을 내며 차곡차곡 쌓여갔다. 이곳은 곡기까지 끊고 시름시름 앓던 재이를 위해 무진이 발 벗고 나서 차려준 곳이었다. 무려 심열국을 설득하여 판매까지 하게 해주면서. 재이를 다시 일으킬 무언가를 만들어주기 위함이었으나 역시 장사치 핏줄은 못 속이는 것이던가. 그녀는 금방 궁궐의 생과방*못지않은 화려한 다식들을 만들어내며 장사 수완을 발휘하였고 이젠 단골들도 제법 많아졌다.

재이는 무진이 예상했던 것 이상으로 이 일에 매달렸다. 홍랑을 찾아 나서기 위한 밑천을 마련하려는 속셈 때문이었다. 재이가 뚜껑이 달린 대나무 광주리에 다식들을 잘 넣곤 비단 조각보로 정갈하게 포장하였다. 이것은 배곯는 자들을 위한 것이 아니었다. 사치품을 넘어 뇌물까지 될 정도니 맛도 중요하지만 겉치레에도 큰 공을 들여야만 했다.

그때 갑자기 우당탕 뛰어 들어온 을분 어멈이 냅다 소리를 쳐댔다.

"애기씨! 시상에…… 도, 독개! 독개 고놈이 집무재에 들었대유!"

놀란 찬모들이 일손을 놓고 쑥덕대기 시작했으나 재이는 콧방귀를 뀔 뿐이었다.

"쳇, 호들갑 떨 것 없어. 그간 홍랑 행세를 한 이가 어디 한둘이었나?"

"독개는 급이 다르쥬! 그 뭐냐, 염라도 찜 쪄 먹는다는 이승사자 아녀유! 돈만 쥐여주면 저승에 떨어진 망자도 머리채를 요래요래 홱액 낚아채서 델꼬 온다잖여유."

"내 말이 그 말이야. 그리 돈만 밝히는 자가 무슨 짓을 못 할까."

---

* 조선 시대 궁중의 육처소六處所 가운데 하나로 생과, 전과煎果, 다식茶食, 죽 따위의 별식을 만드는 일을 맡아보았다.

재이는 절레절레 고갤 저었다. 분명 아버님이 독개를 관아로 내쳤다는 소식이 곧 들려올 터였다.

그 시각. 심열국에게 큰절을 올린 독개가 다급히 외쳤다.

"지가 마, 도련님을 찾았씹니더! 평양에 쭉 사셨다대요. 워낙 째깬할 때 일이라 도련님께서 자세한 건 기억을 몬 하셨지만은 헤어진 시기며 나이며 또 평양사람이라고 말은 하는데 옥수로 말짱한 한양 말씨를 쓰는 거 하며, 손목 상처도 말씀하신 고 자리, 딱 마, 고 자리고요, 이름도 써보시라 카니께 딱 무지개 홍에 밝을 랑! 그것도 왼손잽이! 지도 고마 옥수 깜짝 놀랐다 아입니꺼."

"그뿐인가?"

"하모요?"

심열국이 주먹으로 꽝 서안을 내리쳤다.

"여태껏 그렇지 않은 이가 한 명이라도 있었던가!"

대체 무슨 기대를 했던 것인가. 심열국이 허탈하게 일어선 순간이었다.

"아, 맞다. 고마 이 댁 마님하고 얼굴이 똑같십니더! 이마, 눈, 코, 입, 죄 빼다 박은 거맹키로 마, 얄짤 읎데예. 첫눈에 지가 고마 식겁했다 아입니꺼."

독개의 말에 심열국의 눈꼬리가 미세하게 경련했다.

"그캐서 지가 마 냉큼 모셔 올라 캤는데 그기…… 아드님께서 해월루 칼잡이라 안 캅니까."

45

"뭐, 뭣이라?"

"재수도 엥간히도 읎지. 우짜다가 귀한 도령이 그런 무선 데까지 잡히가가 살수 짓까지 하게 됐뿟는지……."

"하여 빼내기가 어렵단 말이냐?"

"말도 마이소. 송월이라고 해월루 여객주가 보통내기가 아입니더. 도련님께서 말이 칼잡이지 제 손으로 키워가 마, 피붙이나 진배없다 캐싸면서 절대 못 내놓는다 캐서……."

심열국이 서랍에서 급하게 금괴 하나를 꺼내 던졌다.

"당장 데리고 와, 당장!"

어긋난 첫 만남

새날이 밝았다. 독개가 앉았던 바로 그 자리에, 실종되었을 때마냥 짙은 철쭉색 도포를 입은 홍랑이 무릎을 꿇고 앉았다. 천하의 심열국이 울컥 솟구친 감정을 주체하지 못하고 어금니를 윽물었다. 십 년 만에 돌아온 아들은 자신을 닮아 키가 크고 뼈대가 옹골차 보였다. 흰 살결, 동그랗고 넓은 이마, 버들잎 모양의 진한 눈썹, 계집애같이 긴 속눈썹, 오뚝한 콧날과 꽃물을 들인 듯 유난히 붉은 입술, 거기에 쪽박귀까지, 모두가 민씨 부인과 오롯이 겹쳐져 어느 한구석도 의심스러운 데가 없었다. 사치스러운 물건을 다루는 취향까지도 어밀 빼닮았는지 금사를 꼬아 만든 세조대마저 잘 어울렸다. 홍랑이 천천히 고개를 든 순간, 환희에 차 있던 심열국이 흠칫 몸을 떨었다. 아들의

눈동자에 어린 살기 때문이었다. 곱상한 얼굴과는 상반되는 야성적인 눈매. 단 하나 바뀐 것이 있다면 저 눈동자다. 하나 오랜 칼잡이 생활 끝에 저런 인상을 갖게 된 것은 어쩌면 당연하지 않은가. 단정하게 매만졌으나 반만 상투를 틀어 올리고 반은 내려 뒷목을 보호한 전형적인 무사 머리 모양 탓에 더욱더 살벌한 분위기가 풍기는 것인지도 몰랐다.

"먼 길 오느라 고될 터이니 일단 푹 쉬어라."

"솔직히 오는 길 내내 의심스러웠습니다. 고향집에서 부모님을 뵈면 어렴풋이나마 떠오르는 것이 있겠지 기대하였는데…… 아무래도 잘못 온 듯싶습니다. 아무리 어렸었다고는 하나 기억나는 것이 아무것도 없습니다."

"서두를 것 없다. 쉬엄쉬엄 찬찬히 둘러보아라. 시간을 가지고 둘러보면 분명 떠오르는 것이 있을 게야. 광명재의 무엇 하나 건드리지 않았으니."

낯선 방 안을 훑던 홍랑의 시선이 동창 옆에 걸린 그림에 멈추었다.

"정녕 변한 것이 없습니까?"

"왜 그르느냐?"

"저 작품 말입니다. 유독 저것이 너무나 생소하여……."

심열국이 잠시 골몰하다가 훅 숨을 들이마셨다.

"벌써 여러 해 전이라 그만 까맣게 잊고 있었다. 좋은 기운이 깃든 물건이라 네 무사귀환을 빌며 어미가 걸어둔 것이다. 어찌 그것을……!"

심열국의 눈이 다시금 빛났다. 눈앞의 아들은 도무지 아무것도 생각나지 않는다고 말은 하면서도 본능적으로 낯선 것을 귀신같이 짚어내고 있었다. 그때 벌컥 문을 열 어젖히며 들어온 것은 재이였다.

"네놈은 또 누구의 사주를 받고 왔더냐?"

"재이야!"

배배 꼬인 딸의 말투에 경악한 아비가 언성을 높였으나 홍랑은 동요하지 않고 조용히 입을 열었다.

"유일한 기억이 누이와 뒷동산에서 놀던 것입니다."

"허! 참으로 대단한 기억이구나! 어느 남매가 그런 기억 하나 없을까! 하면 그 시절 벗의 이름도 기억이 나겠지? 어느 댁 누구였더냐? 네가 즐겨 했던 놀이는 뭐였더냐? 할아버님께 받은 생일 선물은? 늘 끼고 읽던 서책은? 좋 아하던 음식은? 답해보아라, 하나라도 답해보란 말이다!"

"기억이 없다, 이미 어르신께 아뢰었습니다."

"모든 기억을 잃었어도 태어나면서부터 손목에 찼던 염 주만은 기억할 것이다. 그렇지?"

"그 또한……."

"허! 무려 한평 대군의 하사품을 모르겠다? 그토록 신비한 푸른 비취가, 그 희한한 박쥐 문양이 기억에 없다?"

"그만하여라!"

"어찌 아버님마저 이러십니까! 어찌 저런 놈에게 속으십니까! 저 눈빛은 결코 제 아우가 아닙니다!"

"장성한 사내다! 여덟 살 아이의 눈빛이 없다 억지를 쓸 것이냐!"

재이는 경멸을 담은 눈빛으로 재차 홍랑을 노려보았다. 곧 체념한 듯 일어난 홍랑이 주섬주섬 짐을 챙겼다. 기겁한 아비가 다짜고짜 아들의 팔뚝을 부여잡았다.

"무엇 하는 것이냐? 앉아라!"

"누이가 아니라 하니, 정녕 아닌 모양이지요."

"앉으라 하지 않느냐! 네 어미의 모습과 이토록 빼닮았으니 더 무슨 말이 필요하더냐. 피는 결코 속일 수 없는 것이거늘!"

을분 어멈의 목소리가 장지문을 타고 들려왔다.

"어르신! 온양서 마님께서 당도하셨어유!"

호화로운 안채로 들어서는 홍랑의 눈이 휘둥그레졌다. 네 명의 여종이 합까지 맞추며 대령한 점심상 때문이었다. 어째 이 집안에 발을 들인 순간부터 모든 것이 놀람의 연속이었다. 머릿속으로 계산해놓은 수십의 가능성 중 이런 환대는 없었다. 자신과 똑 닮은 어린 홍랑의 용모파기에 저도 놀라긴 하였으나, 심열국의 감격은 전혀 뜻밖의 것이었다. 그림으로 슬쩍 떠보았을

때 그의 반응은 자신이 죽기를 각오하고 민상단
에 든 것이 무색할 정도였다. 심열국에 대한 원한
이 뼛속까지 사무친 홍랑은 그 짧은 독대에도 거대한 살
의가 솟구쳤다. 하물며 그가 인자한 아비의 얼굴을 하고
있다는 것이 걷잡을 수 없는 분노를 일으켰다. 그러나 복
병은 따로 있었다. 누이란 계집. 싸움닭마냥 흰자위를 까
붙이며 자신을 부정하니 하도 괘씸하여 보란 듯이 돌아가
겠다 객기까지 부린 것이었다. 고작 한 번 대면하였을 뿐
인데도 그 눈빛이 심히 거슬렸다. 두고 보라지, 그 건방진
콧대를 제대로 꺾어놓을 테니!

"내 아드님. 어서 드세요."

홍랑이 퍼뜩 잡생각에서 빠져나왔다. 이 순간 그를 당
황케 한 건 어머니란 여인이었다. 민상단의 진짜 주인. 그
토록 찾아 헤매던 아들을 마주한 것이 그저 황공하기만
하여 어미는 옷고름으로 연신 눈꼬리를 찍어대며 바삐 은
젓가락을 놀릴 뿐이었다. 홍랑의 숟가락 위에 산적 한 점
을 올리는 야윈 손이 벌벌 크게도 떨렸다.

"저이는 누구입니까?"

문지방 한구석에 무릎을 꿇고 앉아 있는 해쓱한 사내
를, 민씨 부인이 눈짓으로 가리켰다. 청색 무복, 반만 상
투를 튼 무사 머리, 허리엔 협도를, 등엔 활까지 맨 채였
으나 험한 무장이 무색하게도 얼굴이 곱실하여 토끼 한
마리 잡지 못할 듯 선한 인상이었다.

“인회라고 제 의동생입니다. 선천적으로 말을 못 하나
워낙 무예가 뛰어나 데리고 다닙니다.”
　“잘하셨습니다. 이제 몸을 사리셔야지요. 암요.”

사
냥
감

　요암재 지붕 위. 팔꿈치로 기와를 짚고 비스듬히 누운 재이의 머릿속이 뒤죽박죽이었다. 가짜 홍랑의 귀환이 알려지면 조선팔도에 심어둔 추노꾼들이 일제히 아우 찾기를 중단할 것 아닌가. 푹 한숨을 내쉬다 말고 그녀가 퍼뜩 자세를 고쳐 앉았다. 큼지막한 활을 들고 광명재 마당으로 들어오는 홍랑이 보여서였다. 그가 잠시 멈추어 활시위를 당기는가 싶더니 눈 깜짝할 사이 참새 한 마리가 화살에 꿰뚫려 툭 떨어졌다. 안 그래도 일그러져 있던 재이의 면이 싸늘하게 식었다. 풀벌레에도 기겁하던 아우가 아니던가. 그동안 홍랑을 사칭했던 놈들은 철저히 뒷조사를 하고 최대한 진짜처럼 보이려고 노력이라도 하였다. 한데 저놈은 어찌하여 저리 뻔뻔하게 구는 것인가!

홍랑은 민씨 부인이 집안 가보라며 준 활에 두 번째 화살을 꿰고 사냥감을 물색하는 중이었다. 그리고 그 끝에 덜컥, 예상치 못한 사냥감이 걸려들었다. 요암재 지붕 위의 재이였다. 봄빛을 이고 뻐딱하게 누운 옆모습에서 벌써 저를 향한 맹렬한 거부감이 느껴졌다.

'고갤 돌려 날 봐. 지금, 당장!'

가슴속 그의 주문이 닿기라도 한 것인지 재이가 스르르 고개를 돌렸다. 둘의 눈빛이 허공중에서 쨍하니 부딪치곤 사납게 뒤엉켰다. 곧 팽팽한 기 싸움이 일었다. 땅을 딛고 활을 겨눈 채 꼿꼿이 고개를 쳐든 홍랑은 사뭇 도전적이었다. 재이도 절대 지지 않겠다는 듯 그 화살촉을 똑바로 응시하였다. 시퍼런 하늘을 등진 그녀의 경멸이 또다시 홍랑의 가슴에 생채기를 내었다. 괘씸한 계집. 홍랑은 안정적으로 자세를 고치며 곧 활을 쏠 듯이 아귀 세게 시위를 먹였다. 재이를 겨눈 예리한 화살촉이 쨍그르르 빛난 순간, 그가 탁! 궁현을 튕겼다.

"흡!"

재이는 저도 모르게 심장을 움켜쥐었다. 그러나 자신을 강타한 건 활이 아닌 홍랑의 비웃음이었다. 활을 쏘는 시늉이 어찌나 진짜 같았던지 재이는 아찔한 어질증마저 느꼈다. 시허옇게 흐트러진 그녀의 몰골을 홍랑이 만족스레 주시하였다. 그러곤 껄렁하게 어깨를 으쓱하더니 입매를 쭈욱 늘어뜨렸다. 소름 끼치는 웃음이 숫제 요물이었다.

집무재 마당에 새하얀 차일이 펼쳐지고 구성진 풍악이 울렸다. 홍랑의 무사귀환을 축하하는 잔치가 벌어진 것이었다. 거대한 가마솥에서 푹 삶아낸 돼지고기가 숭덩숭덩 썰려 나가고, 번드르르한 번천 위로는 둥글넓적한 육전이 척척 부쳐졌다. 이참에 민상단 후계자의 눈도장을 한번 찍어 보겠노라며 문턱이 닳도록 거래처 사람들이 들이닥쳤다. 뿐만 아니라 동네 사람들까지 모두 모여 음식을 나누고 흥을 즐겼으나 단 한 명, 무진만은 예외였다. 마치 처음부터 없던 사람인 양 그 누구도 그에게 말을 걸지 않았다. 무진은 끝내 외딴 섬처럼 구석에 처박혀 홀로 술잔을 들이켜며 손님을 맞는 홍랑을 올려보았다. 진짜일 리 만무하나 저것이 허세라면 죽음도 각오한 비장한 허세일 터. 보통 놈이 아니었다. 무진의 손안에서 술잔이 짜르르 파동을 일으켰다.

같은 시각, 안채로 부름을 받은 재이 역시 기함을 토해냈다. 번득 치올려 뜬 눈이 곧장 민씨 부인에게 꽂혔다.

"날, 제주 고대감의 첩실로 보내시겠다고요?"

"그쯤 되어야 다신 홍랑에게 해코지를 못 할 것이 아니냐?"

민씨 부인이 그토록 재이를 멸시하면서도 여태껏 상단에 둔 이유는 단 하나, '의붓딸에게 손을 대면 부정이 탈 것'이란 귀곡자의 말 때문이었다. 한데 혹여나 저것이 또 아드님께 해를 끼칠까봐 마음이 바빠진 것이었다.

"싫습니다, 죽어도 안 갑니다!"
"누가 네 뜻을 묻더냐?"

갓
딴
찔
레
꽃

요암재로 돌아온 재이는 서둘러 짐을 쌌다. 이 밤이 연
경으로 도망칠 마지막 기회임을 직감한 때문이었다. 봇짐
을 여미는 찰나 문밖에서 낯선 인기척이 들려왔다. 그녀
가 짐을 등 뒤로 감추며 발딱 일어남과 동시에 벌컥 문이
열렸다.

"쉿!"

중지를 가볍게 입술에 붙였다 떼며 서슴없이 방 안으로
들어선 것은 다름 아닌 홍랑이었다. 불청객의 정체를 확
인한 재이가 경악으로 소리쳤다.

"감히 어딜! 썩 꺼지지 못하겠느냐!"

"이 시간에 어머니까지 깨울 작정이야?"

"어찌 여기서 수작질이냐? 부모님의 마음을 얻었으니

흡족할 터인데."

"아니. 흡족하지 않아. 누이의 마음을 갖지 못했으니. 누이를 본 순간 분명해졌어. 아, 드디어 집으로 돌아왔구나."

"헛소리! 그 반반한 낯짝이 나한테도 통할 줄 아느냐?"

"어휴, 다행이다. 그러니까 내가 반반한 건 인정하는 거구나, 누이는?"

"그리 부르지 마!"

"그럼 어떻게 부를까? 심재이? 재이야?"

"뻔뻔한 것!"

"험하게 살아서 오히려 그 기억은 생생한가 봐. 뒷동산에서 놀다가 해가 지고서야 집으로 돌아왔던 봄날. 모든 기억이 지워졌는데 그날만 또렷한 건 죄책감 때문일 거야. 꼭 오늘처럼 어머니가 누이만 혼쭐을 냈었잖아. 내가 더 놀다 가자고 떼를 쓴 거였는데. 얼마나 미안했는지 아직까지도 그것만 기억하는 것 봐."

천진하게 변한 사내의 얼굴 탓에 재이는 돌연 속이 울렁였다.

"믿어달라고 떼쓰진 않을게. 나한테 시간을 줘, 조금만."

등 뒤에 머물러 있던 누이의 손목을 아우가 홱 낚아채었다. 봇짐이 딸려오며 묵직한 돈 꾸러미 소릴 냈다.

"많이도 모았다. 연경도 갈 수 있을 만큼."

속내를 들켜버린 재이가 정체 모를 사내를 쏘아보았다. 그러나 홍랑은 아랑곳 않고 봇짐을 떨군 누이의 빈손에 무언가를 쥐여줄 뿐이었다. 미련 없이 멀어지는 그의 등 뒤로 뭉근한 담향이 번졌다. 재이의 뒷목에 전율이 일었다. 굳이 펴보지 않아도 알 수 있었다. 갓 딴 찔레꽃이었다.

"동백꽃은 벌써 다 졌더라고. 홍동백."

치뜬 재이의 눈동자가 바르르 떨렸다.

"가지 마, 그게 어디든. 그냥 내 옆에 있어."

그 말을 끝으로 문이 닫혔다. 사내의 기척이 완전히 사라지자 재이는 참았던 숨을 확 몰아 뱉었다. 어둠 속에 홀로 남은 그녀의 그림자가 한참이나 기이하게 일렁거렸다.

홍랑은 당황한 재이의 얼굴을 재차 떠올리며 코웃음을 쳤다. 그리움이 병이 된 것은 비단 민씨 부인만이 아니었던 모양이다. 의기양양 중문을 넘던 홍랑의 어깻죽지를 누군가가 덥석 잡아챘다. 진한 묵향이 번졌다. 무진이었다.

"감히 여기가 어디라고 얼쩡대느냐! 이 가짜 놈이⋯⋯!"

"가짜? 그러는 그쪽은 진짜고?"

"상스러운 놈! 칼질하는 천한 놈이었다더니 알 만하구나. 사기는 이쯤 치고 평양으로 돌아가!"

"사기라니? 아들 행세하는 건 그쪽이잖아?"

"어디 맘대로 지껄여봐라. 네 과거를 낱낱이 캐고 있으니 정체가 드러나는 건 시간문제다."

"그쪽 목숨이나 신경 써. 말뚝을 뽑아버릴까, 부러뜨릴까 아니면 불태워버릴까…… 어머니께서 고심 중이시던데."

"저, 저놈이!"

홍랑은 제 할 말만 하곤 쌩하니 갈 길을 갔다. 남겨진 무진은 주먹을 말아 쥔 채 치를 떨었다. 저놈의 거친 눈동자를 마주한 순간부터 천것을 혐오하는 양반의 본능이 발동하였다. 이미 뒷조사를 위해 부영을 평양으로 보낸 참이었다. 어떻게든 저놈의 실체를 까발릴 것이다. 절대 그 무엇도 빼앗기지 않으리라! 무진은 가라앉은 눈빛으로 어금니를 꽉 그러물었다.

이상한 변덕

　동이 트기 전에 담을 넘은 재이는 정신없이 북쪽으로 도망쳤다. 한나절 만에 산중에 접어들어 비탈길을 오르고 또 올랐으나 체력이 달리는 탓에 자꾸 멈추어 헉헉대길 반복하였다. 어둠이 내리면 한숨 돌릴 여유가 생길 터인데 해가 너무도 더디게 떨어졌다. 피곤한 몸과는 반대로 머리는 어젯밤 일을 자꾸만 되돌려댔다. 홍랑의 순진한 눈동자와 장난스러운 말투, 그러나 등 뒤에 칼을 숨긴 듯 왠지 모를 섬뜩함이 온통 뒤죽박죽되어 도무지 사라지질 않았다.

　그때였다. 휘이이이익! 긴 호각 소리와 함께 수십의 사내들이 모습을 드러냈다. 민씨 부인의 개들! 기겁한 재이는 곧장 반대 방향으로 뛰었으나 또 한 무리가 멀찌감치

진을 치고 있었다. 재이는 입술을 깨물며 빈 공간을 향해 치고 나갔다. 어느 방향인지도 알 수 없었다. 넘어지고 구르기를 반복하다 말고 끝내 품에서 금장도를 꺼내 쥔 순간, 두 다리가 우뚝 멈췄다. 낭떠러지였다. 몰이사냥을 당한 것이다.

석양을 등지고 허공과 맞닿은 지점. 때 탄 재이의 치맛자락이 바람에 위태롭게 흩날렸다. 깔딱깔딱 숨을 내쉬며 옷자락을 추스른 그녀가 언뜻 뒤돌아 아래를 쳐다보았으나 천길 낭떠러지 밑엔 흑색 강물만이 굽이칠 뿐이었다. 어느새 나타난 몰이꾼들이 열 보 정도의 거리를 두곤 재이를 에워쌌다. 거기서 툭 튀어나온 건 민씨 부인의 싸울아비, 육손이었다.

"가까이 오지 마! 멈춰, 멈추라고!"

날카로운 목소리가 절벽을 타고 메아리쳤으나 육손에겐 무의미한 소음일 뿐이었다.

"더 다가오면 진정 뛰어내릴 것이야!"

"벼랑에서 스스로 꼬꾸라지면 그대로 둬라, 절대 말리지 말라, 쫓되 굳이 산 채로 붙잡아올 필욘 없다. 이놈, 그리 명받았습니다."

태연하게 아뢴 육손은 성큼성큼 재이의 코앞까지 다가왔다. 그리고 자신을 향해 겨눠진 금장도가 보이지 않는 양 삐죽이 덧손까지 솟은 여섯 개의 손가락으로 애기씨의 목을 바투 쥐었다.

"컥, 커억."

재이는 생각지 못한 전개에 경악했다. 저를 밀어 떨어뜨리긴커녕 질식시켜 고이 둘러메고 갈 심산이다! 목이 졸린 재이가 사지를 뒤틀다 말고 우락부락한 사내의 팔뚝을 금장도로 찍어 눌렀으나 상대는 미동조차 없었다. 부릅뜬 재이의 눈에 어질어질 눈물이 고여들었다. 시야마저 까막거리자 그녀는 정신을 차리려고 어금니를 으물었다. 입안 어디선가 피가 터진 듯 비릿하고 역한 맛이 느껴졌다. 절대 상단으로 돌아가진 않을 테다! 재이는 발끝에 남은 힘을 모두 그러모았다. 그리고 무작정 허공에 몸을 뉘었다. 갑작스레 무게 중심이 멀어지자 기우뚱한 육손이 반사적으로 손을 뗐다. 재이의 몸이 삼백 척 아래로 고꾸라진 건 순식간이었다.

첨벙! 거대한 포말이 일었다. 거칠한 강 밑바닥으로 내리꽂히며 재이의 숨은 빠르게 동이 났다. 터질 듯한 심장을 부여잡았으나 정신은 금세 혼미해졌다. 그때였다. 어디선가 단내가 진동했다. 그녀를 휘감은 것은 뽀얀 찔레꽃이었다. 재이는 아득바득 쓰라린 눈을 치떴다. 이 절체절명의 순간에 떠오른 건 의외의 변덕이었다. 만에 하나 돌아온 홍랑이 진짜라면…… 진짜라면!

"재이야! 재이야!"

다급한 음성을 따라 서서히 재이의 눈이 뜨였다. 그 축축한 눈동자에 아슬아슬하게 솟은 기암절벽이 반사되자 무진의 무릎이 털썩 흐무러졌다. 한숨 숨을 돌린 그가 해 끗한 재이의 이마에서 젖은 머리칼을 떼어내고는 곧장 그녀의 시린 뺨을 두 손으로 감싸 쥐었다. 무진 역시 흠뻑 젖은 터라 온기를 부여하는 게 마음처럼 쉽지 않았다. 멍든 꽃잎을 바라보듯 무진이 재이를 응시했다. 그의 반듯한 코허리를 따라 강물 한 방울이 눈물처럼 떨어져 나왔다.

"정신이 드느냐?"

연거푸 말간 물을 토해낸 재이가 힘겹게 숨을 텄다.

"나…… 집에 안 가요, 오라버니."

저승의 문턱에서 돌아온 그녀의 첫마디였다. 끝내 놓치지 않은 금장도를 다시금 틀어쥐는 그녀의 손을 무진이 조심스레 덮어 잡았다.

"고집부리지 마. 몸이 많이 상했으니 일단 집으로 가자. 고대감과의 혼약은 내 무슨 수를 써서라도…….."

"어떻게요? 힘없는 오라버니가 무슨 수로요."

"어떻게든 방도를 마련하마. 정히 안 되면 그땐 내 너를 데리고 연경으로 도망이라도 치마. 진심이다. 약조하마. 하니 집으로 가서 먼저 몸부터 추스르자꾸나."

재이는 실소하였다. 유일한 제 편이란 안도감도 잠시, 물에서 허우적대다 결국 잡은 것이 지푸라기였다. 저보다 더 핍박받고 멸시받는 쪽이 오라비 아니던가. 저는 반쪽 피라도 이어받았지 그마저도 없어 저보다도 더한 찬밥신

세인 것이 오라비가 아닌가.

"국경까지만 데려다줘요, 오라버니. 제발. 국경까지만."

"육손이 지척에 와 있을 것이야. 더 큰 화를 당하기 전에……."

"그러니 빨리요!"

"이 몸으로 어딜 간다 그러느냐? 일단 집에서 때를 기다리면……."

"지금이 그 때란 말입니다!"

"내 너의 마음을 어찌 모를까?"

"아는 척하지 마! 오라버니가 뭘 알아, 집에 붙어 있지도 않는 오라버니가! 아우를 찾지도 못하고 바보처럼 방안에 처박혀 있는 그 심정을 어찌 알아!"

벌겋게 피멍이 든 재이의 목을 보며 무진은 망설였다. 그녀가 떠났단 말에 정신없이 북쪽으로 말을 달린 자신이었다. 이렇게 재이를 붙드는 까닭이 진정 그녀를 위함인가 아니면 곁에 두고 싶다는 이기심인가. 먹색 하늘 아래 무진의 단정한 얼굴이 평소의 총기를 잃고 흐릿하였다. 그때였다. 멀리서 띠를 이룬 횃불들이 파도처럼 일렁이더니 금세 남매를 포위하였다. 재이는 다시 강물에라도 뛰

어들 태세로 몸을 일으켰으나 다리가 말을 듣지 않았다.
결국 다 터져버린 보랏빛 입술을 깨무는 것 말곤 그녀가
할 수 있는 게 그 무엇도 없었다.

"흠집 내지 마. 진상품이니."

광에 들어선 민씨 부인이 침을 뱉듯 말했다. 재이를 내
팽개친 육손은 상전을 향해 고개를 숙이곤 물러났다. 물
에 빠진 생쥐 꼴을 한 의붓딸 년을, 민씨 부인은 무심하게
쳐다보았다. 시체로 돌아왔으면 좋았을 것을…… 아쉽기
는 하였으나 이미 그녀는 재이에게 손을 대지 않고도 벌
주는 법을 잘 알았다. 광 한쪽 구석에서 타오르는 촛불,
바로 그것이었다. 사악하게 미소 지은 민씨 부인은 촛대
를 손끝으로 툭 쳐 떨어뜨렸다. 별안간 세상이 깜깜해지
자 너부러져 있던 재이의 눈에 와락 물기가 차올랐다.

"안, 안 돼! 안 돼! 을분 어멈! 을분 어멈!"

문을 나서는 계모의 입귀가 괴괴하게 올라붙었다. 쾅!
완벽한 암전이었다. 철커덩, 철커덩. 묵직한 자물쇠를 채
우고 빗장까지 걸어 잠그는 소리가 별스러운 살성을 자아
냈다.

"게 아무도 없느냐! 을분 어멈!"

발작적으로 문을 두드리던 재이의 허리가 꺾였다. 광
안이 고요해지기까지는 얼마 걸리지 않았다. 축축한 몸뚱
이가 터진 쌀자루마냥 서서히 벽을 타고 무너졌다.

또
그
놈
의
봄
이
구
나

  그 시각, 광명재의 우물가에서 머리 위로 물을 뒤집어
쓰고 있는 것은 홍랑이었다. 한 차례, 두 차례, 세 차례,
네 차례…… 물소리가 채찍마냥 신랄하게 울려 퍼졌다.
홍랑은 쓰게 웃었다. 또 그놈의 봄이구나, 그때의 일이 꿈
에 보이는 것을 보니.

  [쥐똥이 네놈이 도련님 대신 시묘살이를 해야겠다.]

  모시던 대감마님이 죽었다. 첩첩산중에 묘가 쓰였다.
안방마님은 제 아들 대신 열 살 먹은 종놈, 쥐똥이를 끌고
갔다. 희한한 판자때기 두 개를 붙여놓곤 하루 세 번 절을
하라 했다. 겨울을 세 번 나기 전에 내려오면 죽인단 말을
덧붙였다. 하나 유난한 겨울, 거기 있다간 제가 죽을 판이
기에 쥐똥은 그길로 도망을 쳤다. 혹여 추노꾼에게 잡힐

까봐 마을로 내려가지도 못한 채 소년은 산속에서 혹독한 추위를 이겨냈다. 그러나 봄이 되기 무섭게 그가 맞닥뜨린 건 추노꾼보다 더한 악질, 인신매매 패거리였다.

과거에 몸서리치며 홍랑은 다시금 우물로 박을 내던졌다. 허공에 온갖 꽃향기가 떠다니는 이맘때가 되면 기억이 발작처럼 되살아났다. 애써 덮어두었던 장막이 벗겨지면 케케묵은 날들에 색깔이 입혀지고, 향이 스며들고, 소리가 돌아오며 생생해졌다. 그것을 잊으려고 홍랑은 자꾸만 냉수를 뒤집어썼다. 맨몸에 길게 달라붙은 흰 도포에서 한기가 피어올랐다. 언제부터 서 있었는지 인회가 커다란 수건으로 홍랑의 신체를 감싸 안았다. 그 조심스러운 손길을 미약하게 뿌리치며 홍랑은 저벅저벅 제 방으로 돌아갈 뿐이었다. 홀로 남은 인회의 눈동자에 밤 그늘이 길게 드리워졌다.

이튿날 아침, 때 이른 더위에 분합문을 사방으로 잡아올려 안채가 훤칠했다. 머리부터 발끝까지 곱게 치장하여 전에 없이 생기가 넘치는 민씨 부인은 아들에게 부채를 부쳐주느라 여념이 없었다. 그 위에 그려진 포도 넝쿨과 다람쥐가 앙증맞으면서도 생동감이 넘쳤다.

"그림이 재미있지요? 아드님께서 쓰세요."

"어찌 윤한 선생의 작품을 예사로 쓰라 하십니까?"

심열국 내외의 입이 동시에 벌어진 건 그때였다. 윤한

은 이름난 화가가 아니었다. 작품이 많지도 않을뿐더러 워낙 고가여서 사대부들 사이에서만 드물게 거래되거늘, 홍랑이 그의 작품을 알아보다니 놀라울 따름이었다. 그때 심열국의 수행원인 방지련이 대청마루 밑에서 허리를 굽혔다.

"잠시 들겠습니다."

백자 그릇에 담긴 꿀물이 심열국 앞에 대령되었다.

"도련님께서 금강산에서 딴 석청을 구해오셨습니다."

방지련이 고하자 홍랑이 멋쩍게 말했다.

"아는 석청꾼이 있었던지라 운 좋게 받게 되었습니다."

"석청이 건강에 아주 좋다 하니 지련이 자네가 매일 아침 직접 챙겨 올리게."

"예, 마님."

심열국이 진한 꿀물을 단숨에 들이켜자 민씨 부인이 기특한 듯 아드님을 바라보았다.

"기억나십니까? 이맘때 즈음엔 숙부 댁에 가서 며칠씩 지내곤 했었지요. 계곡에서 물놀이도 하시고요. 함월 말입니다."

"이참에 숙부께 인사도 드리고 사촌도 만나 보고 싶습니다."

"그래요. 추억이 있는 곳에 다녀오시면 새롭게 떠오르는 것이 많을 거예요."

"한데 소자, 청이 있습니다."

"무엇이든 들어드릴 것입니다. 암요."

"누이와 동행하고자 합니다. 누이의 혼례를 물려주십시오."

민씨 부인은 일순 목에 가시가 걸린 듯 헛기침을 해대었다. 분위기가 싸늘해지자 홍랑이 먼저 입을 떼었다.

"이대로 누이가 시집을 가면 제 기억도 영영 돌아오지 못하는 것 아닐까 걱정입니다. 하루빨리 기억을 되찾고 싶은 욕심에 염치 불고하고 간청드립니다."

머리까지 조아린 아드님 앞에서 어미는, 고개를 끄덕이는 것 말고는 아무것도 할 수 없었다.

생이별하는 정인처럼

어슴푸레한 새벽녘. 상단 마방 앞에 둥근 등롱이 걸렸다. 무진은 재이가 함월로 여행을 떠난다는 소식을 전해 듣자마자 바로 뛰어나온 참이었다. 너무나 야위어 살굿빛 치마에 휘감긴 듯한 누이를, 그가 보듬듯 바라보았다. 고상한 입매에서 한숨이 흘러나왔다.

"이리 보내는 것이 내키지가 않는구나."

"걱정 마요, 오라버니."

"내 방도를 마련하고 있으니 딴맘 먹지 말고 무사히 돌아와야 한다, 알겠지?"

방도를 마련한다? 그것이 말뿐이라는 걸, 말한 이도 듣는 이도 알았다. 무진은 혼란스러웠다. 민씨 부인이 어떻게든 재이를 치워버리려 할 것이 너무도 자명하니 재이에게 이 기회에 멀리 도망가라고 해야 옳은 것인가. 하나 망설임과 갈등뿐, 무진은 영영 떠나라는 말은 끝내 내뱉지 못했다. 지금 전력을 쏟아야 하는 일은 단 하나, 가짜 홍랑에 대한 증좌를 찾아 만천하에 까발리는 것뿐이다.

"일전에 내가 준 것은?"

재이는 가슴팍을 가리키며 퀭한 낯빛으로 웃어 보였다. 그녀에게 남은 것은 정녕 이 금장도뿐이었다. 함월에서 숙부를 뵙고 돌아오는 길엔 무슨 일이 있어도 국경으로 내빼야 했다. 홍랑의 꿍꿍이가 무엇인지, 그 뒤에 버티고 있는 민씨 부인의 계략이 무엇인지 알 수 없어 불안했으나 이것이 연경으로 갈 수 있는 절호의 기회임은 분명하였다. 재이는 갈색 말에 오르며 어쩌면 다시 볼 수 없을 오라비를 내려다보았다. 작별 인사도 올릴 수 없는 야속함에 괜스레 눈망울이 뒤흔들렸다. 덩달아 불안해진 오라비가 그녀의 팔을 답삭 잡았다. 마방에 걸린 등롱이 새벽 댓바람에 꺼질 듯 꺼질 듯 위태로웠다.

"뭐가 그리 애틋해? 생이별하는 정인처럼. 내 참."

묘한 기류를 깨며 홍랑이 미끈한 백마를 타고 나타났다. 그 뒤로 헐레벌떡 뛰어 들어온 을분 어멈이 홍랑에게 작은 꾸러미를 안겼다.

"도련님. 그 먼 길에 간식도 없음 워째유. 가시면서 요걸루 요기혀유."

"누이 줘. 난 누이가 맛있게 먹는 걸 보는 게 더 좋으니까."

"하이고! 애기씨 혼사 물려줘, 요기까정 양보해, 아주 쌩 보살님 납셨네유!"

재이와 무진이 동시에 눈을 지릅떴다. 아드님의 한마디는 능히 민씨 부인의 고집을 단박에 꺾고도 남았으리라. 하나 홍랑이 대체 왜, 무엇을 위해서 혼사까지 물려주었단 말인가?

여름

야릇한 충동

재이는 자작나무 숲으로 빨려 들어가듯 잽싸게 말을 몰았다. 청쾌한 바람에 얄브스름한 치마가 정신없이 팔라 닥댔다. 급하게 그 뒤를 쫓으며 홍랑은 고래고래 소릴 쳐 댔다.

"돈 떼먹고 도망가냐? 누가 쫓아와? 쫓아오느냐고! 거 참, 천천히 좀 가자니까!"

홍랑의 말을 귓등으로 듣더니 그럼 그렇지, 재이의 똥고집이 마침내 사달을 내었다. 밤새 달리겠다며 호기롭게 마지막 마을을 지나쳤건만 말들이 탈진하여 결국 억새밭에서 한뎃잠을 자게 된 것이었다. 재이가 손바닥으로 솜털을 쓸어대며 억새 사이로 걸어 들어가자 쉬려던 홍랑이 입을 빼죽였다.

실상 첩실로 끌려가는 재이를 신나게 구경이나 할 참이
었다. 한데 그녀가 벼랑 아래로 몸을 던졌단 것이 가슴에
한 점 파문을 일으켰다. 저처럼 죽지 못해 안달인 것일까
아니면 살고 싶어 발악을 하는 것일까? 그 의문이 야릇한
충동을 부추겼다. 죽음 앞에서도 눈 하나 꿈쩍 않는 여인
을 한번 거세게 뒤흔들어놓고 싶다는 그런. 그런데 시작
도 전에 괜한 짓을 벌였다는 후회가 밀려왔다. 홍랑은 급
하게 자릴 털고 일어나 재이를 쫓아갔다.

　"억새밭에서 길 잃으면 끝장이야. 까딱 잘못 들어섰다
간 큰일 난다고."

　재이가 싸늘하게 돌아섰다.

　"큰일이 나길 바라는 것이겠지. 같잖은 아우 시늉일랑
때려치우고 본색을 드러내! 무슨 속셈으로 날 여기까지
불러냈느냐? 왜 혼사까지 막으면서 날 함월에 데려가느
냔 말이다."

　"속셈이라니?"

　"날…… 죽일 셈이더냐?"

　"내 참 어이가 없어서. 막말로 누군가가 누이를 해하려
했다면 제주로 가는 그 굽이굽이 삼천리 길을 놔두고 번
거롭게 왜 이 짓을 해?"

　"하면 어머니가 순순히 내 혼례를 물리고 여행을 허락
했다? 지나가던 개가 웃을 일이다. 분명 더러운 꿍꿍이가
있는 게지."

"그래, 그 더러운 꿍꿍이, 말해줄까? 꼭 알아야겠어?"

"말해!"

"부적!"

"뭐?"

"인간 부적! 어머니가 그러셨어. 액막이 하나 딸려 보내는 것도 나쁘지 않겠지, 라고. 귀한 이 몸이 혹여 길바닥에서 뭔 일이라도 당할까봐 누이를 딸려 보냈다고. 여차하면 쓸 칼받이, 화살받이로! 이제 됐어? 말도 안 되는 이유를 들으니까 속이 시원해, 응?"

"하면 네놈은? 어찌 나를 데려가는 것이냐? 설마하니 진짜 액막이가 필요한 것은 아닐 테고, 혹 나를 설득하려 함이냐?"

"설득? 웃기시네. 나긋나긋 살가운 누이라면 또 몰라. 의심병이 들었는지 제 아우도 못 알아보고 고래고래 소리나 질러대는 고집불통을 내가 왜?"

"그러니까 왜냐 묻질 않느냐, 왜!"

"도끼눈을 치켜떠도 내 누이인 건 변함이 없으니까. 그런 누이라도 또 뺏기기 싫으니까."

"뭐?"

"그런 게 피붙이 아냐? 그런 게 가족 아니야? 이제야 만났는데 또 헤어지라고? 땅끝으로 끌려가는 걸 지켜만 보라고? 그것도 어떤 늙은이 첩실로? 어떤 아우가 안 말려?"

흔들리지 않으려고 재이는 어금니를 꽉 깨물었다. 그러나 모두 맞는 말이어서 순간 홍랑을 향한 적대감이 정당성을 잃었다. 낯설었다. 피붙이라…… 가족이라…… 재이는 눅진한 숨을 내뱉으며 몸을 돌렸다. 그리고 다시 어둑한 억새 속으로 걸어 들어갔다. 그런 그녀의 어깨를 홍랑이 홱 잡아 돌렸다.

"무작정 들어가면 큰일 난다니까!"

"상관 말고 꺼져!"

재이가 보란 듯이 금장도를 빼든 순간, 홍랑이 단숨에 그녀의 팔을 결박했다.

"놔! 놓지 못해!"

속박을 뿌리친 재이가 사납게 홍랑을 쏘아보았다. 홍랑은 그 기를 확 꺾어 누르고픈 못된 마음이 일었다. 그가 쉽사리 재이의 손에서 금장도를 뺏어들었다.

"이 금장도 준 놈! 진짜 나쁜 새끼야, 알아?"

"닥치고 이리 내! 네까짓 게 무얼 안다고!"

"자진하란 거잖아, 뭔 일 생기면. 빌어먹을. 죽긴 왜 죽어? 끝까지 보란 듯이 잘 먹고 잘 살아야지. 누구 좋으라고 죽으래?"

"상관 마!"

"아우가 어떻게 상관을 안 해? 남도 아니고."

부아가 치밀어 벌겋게 달아오른 재이의 볼을, 홍랑이 어루만진 건 순식간이었다.

"무, 무슨!"

당황한 재이가 그 얄량한 손길을 쳐낸 순간.

"짜잔!"

홍랑의 손바닥 위에 처음 보는 나무 단도가 놓였다. 금장도가 요술같이 변한 것이었다. 놀란 재이가 주춤하며 그 자색 단도를 집어 들었다. 끝에 매달린 핏빛 술이 찰랑찰랑 깨춤을 췄다.

"벽조목으로 만든 거야. 벼락 맞은 대추나무라고. 금장도보다 훨씬 가볍고 얇으니까 몸에 지니기도, 사용하기도 한결 수월할 거야. 게다가 무엇보다도, 남을, 찌르는 용도라고, 이건."

얼떨결에 단도를 받아 든 재이의 표정이 불쾌감에서 호기심으로 바뀌는 것이 홍랑은 흥미로웠다. 살기가 깃든 쇠붙이에 단숨에 매료되다니, 무엇이 그녀를 이리 만들었을까? 세상 그 무엇도 궁금하지 않은 홍랑이건만 이 순간만큼은 고개를 갸웃했다.

"쥐는 방법을 잘 익혀둬야 해. 그렇지 않으면 외려 자상을 입을 테니까. 이렇게. 엄지로 누르듯이 이 부분에 힘을 줘. 아니면 손 다친다."

자연스럽게 재이의 등 뒤에 선 홍랑이 그녀의 오른손에 제 것을 포개며 단도 쥐는 방법을 보여주었다. 요사스레 교차된 손가락 탓에 잠시 기이한 정적이 흘렀다.

"여기. 목 바로 아래. 빗장뼈 사이. 이 급소에 꽂는 거야."

홍랑이 뒤에서 재이의 얇실한 목을 감싸 쥐었다. 딱 목을 취하러 온 괴한의 자세였다.

"망설이지 말고. 한 번에."

등 뒤에서 뻗치는 사내의 기운 탓인지 아니면 목에 겨누어진 칼날 탓인지, 빗장뼈에 갇힌 여인의 맥이 도곤도곤 튀어 올랐다. 억새 바다 위로 미풍이 몰려왔다 물러갔다. 보드라운 솜털이 어울렁더울렁 파도처럼 출렁였다.

"손 치워! 나도 천돌혈 정돈 아니까."

재이가 사납게 손길을 뿌리쳤으나 그녀의 저항은 간단히 무시되었다. 홍랑은 아랑곳 않고 뒤에서 그녀를 결박한 채 여릿한 급소를 재차 짚어냈다.

"집중해! 잘 기억해두라고. 여길 정확히 겨눠야 적의 숨통을 단번에 끊을 수 있어, 알았어?"

투명한 살갗 위로 열기가 배어났다. 재이는 지척의 사내가 무척이나 신경 쓰였다. 달빛으로 씻어낸 듯 말간 옆모습이, 목 언저리에서 은색 실처럼 사부작대는 머릿결이, 무엇보다 그의 품에서 은근히 번져 나오는 시원한 박하향이.

"알았냐고?"

대답 대신 재이의 시선은 자색 단도에 내리꽂혔다. 이렇게도 가까워서 사내와 얼굴을 마주하는 게 어색했을 뿐이라고 그녀는 되뇌었다. 그때 촘촘히 땋았던 재이의 머리카락이 확 풀어져 차르르 나부꼈다.

"무슨 짓이야!"

살굿빛 댕기를 허공에 팔랑팔랑 흔들어 보이며 홍랑이
말했다.

"염치도 없다. 이 귀한 무기를 공짜로 꿀꺽하려고? 댕
기라도 내놔야지!"

"금장도나 이리 내!"

"돈이면 개나 소나 다 살 수 있는 그따위 물건이랑은
비교하지 마, 자존심 상하니까. 이거 억만금으로도 못 사
는 거야. 잡귀 물리치는 벽조목이라니까? 한마디로 부적
이라고, 부적. 염치가 없으면 물건 보는 안목이라도 있
든지."

"뭐?"

"뭘 가자미눈까지 뜨고 그래?
못생긴 얼굴 더 못생겨지게!"

"이게!"

"엇? 꼬리별!"

휘익, 두 사람의 머리 위로 별 하나가 스쳤다. 홍랑의
손끝을 따라 재이가 눈을 홉떴다.

"꼬리별 떨어질 때 소원 빌면 이뤄진대. 근데 너무 순식
간이니까 짧게 빌어야 돼. 그렇다고 너무 대놓고 '돈!' 이
러진 말고. 헛, 또 떨어진다!"

재이는 서둘러 손을 모으고 눈을 감았다. 홍랑은 어이
가 없었다. 칼눈을 뜨고 소리칠 땐 언제고 순순히 소원을

비는 여인이 황당해서였다. 제 몸 하나 간수 못 하고 스러지는 별을 홍랑은 믿지 않았다. 탄생하는 별도 아닌 죽어가는 별에 소원을 빈다는 것이 애초에 말이 되지 않았다. 그런 식으로 소원이 이루어진다면 제 삶이 이토록 꼬이진 않았을 터였다. 한데 저 여인은 의지하고 매달릴 무언가가 절실한 모양이었다. 홍랑은 하늘을 바라보는 대신 손에 쥔 댕기를 내려다보았다. 솔기가 해져서 나달나달한 것이 푼돈으로 살 수 있을 만큼 싸구려였다. 민상단과는 어울리지 않는 소박함이 아니, 소박함을 넘은 궁상맞음이 어째서인지 조금 딱했다.

휘황한 별빛 아래 누워 있으니 쉬이 잠이 올 리 없었다. 재이는 구름이 달빛을 훑으며 지나갈 때마다 잠든 홍랑을 곁눈으로 할끔댔다. 나른하게 뻗은 긴 팔다리와 새하얀 얼굴이 왜인지 낯설지 않았다. 다만 눈을 감으니 한층 의젓해 보이기도, 조금 나이가 들어 보이기도 하였다. 그의 정체 때문에 마음이 점점 심란해져만 갔다. 도저히 잠이 올 것 같지 않았다. 재이는 고분고분 흐르는 강물을 응시하다 말고 살그머니 일어나 옷고름을 풀어내었다. 홍랑이 깊은 잠에 빠진 게 분명했으나 서서히 드러나는 맨살에 옷을 개어놓을 겨를까진 없었다. 뱀 허물 벗듯 속곳까지 단박에 벗은 그녀가 팔랑팔랑 까치발을 하고 강물로 뛰어들었다.

검은 강물이 발끝에 닿자 정수리까지 확 상쾌함이 번졌다. 엉덩이께까지 드리워진 머리칼은 물빛을 머금고 청량하게 반짝였다. 은밀한 속살을 쓸어내리는 물살이 재이는 전혀 무섭지 않았다. 그저 젖은 살갗에 소름이 돋고 짜릿하게 오금이 저릴 뿐이었다. 민상단에서 제법 멀리 왔음이 이제야 실감났다. 다신 돌아가지 않으리라. 그윽하게 젖은 그녀의 얼굴이 설렘을 안고 아득한 달무리를 올려다봤다. 요암재에서 보던 달님이 아니었다. 그보다 훨씬 크고, 더 밝고, 한결 고혹적이었다. 그 고운 빛을 온통 내려받은 그녀의 가슴 위로 살보드라운 물방울이 또로록 떨어져 내렸다.

차박차박 억새 숲으로 돌아온 재이는 털을 매만져 단장하는 토끼마냥 민첩하게 머리를 빗고 새 옷을 꺼내 입었다. 퍽도 노곤하였던지 긴 머리칼이 채 마르기도 전에 그녀는 까무룩 잠에 빠졌다. 고른 숨소리가 들려오기 무섭게 홍랑이 번쩍 눈을 떴다. 젖은 여체가 추운지 자꾸 웅크릴 때마다 헤프게 강내음이 번져 나왔다. 조용히 일어나 앉은 그가 달그림자에 의지하여 순식간에 화톳불을 피워 올렸다. 화르륵 일어난 불길 속에서조차 어룽어룽 해말끔한 나신이 춤을 춰댔다. 그 요염한 불꽃을 따라 홍랑의 이목구비가 사납게 일그러졌다. 꼭 성난 사람처럼 그는 나뭇가지를 분지르고 또 분지르며 애꿎은 장작만 들쑤셔댔다. 불티를 노려보는 두 눈이 충혈된 채 피로를 호소하였다.

사내인가, 아우인가

금빛 아침 햇살이 쏟아져 내렸다. 살포시 눈 뜬 재이는 마른 풀내와 촉촉한 물내를 동시에 들이켜며 쭈욱 두 팔을 올려 기지개를 켰다. 손수건으로 대충 머리를 묶으며 그녀는 푸스스 웃었다. 제 짐 위에 고이 놓인 금장도 때문이었다. 어차피 돌려줄 거면서 짓궂게 굴긴. 재이는 옷매무새를 고치고 일어나 시원하게 펼쳐진 풍경을 훑었다. 억새는 부대끼듯 살랑거렸고 그 사이에 자리 잡은 말 두 필은 한가로이 풀을 뜯는 중이었다. 그러나 그 어디에도 홍랑은 보이지 않았다.

"나 일어났다."

"……."

"나 일어났다고!"

"……."

"어딨느냐?"

"……."

"내 말 안 들려? 어디 있어? 어디 있냐고!"

맨발로 강가로 뛰어간 재이가 사방을 훑었다. 눈길이 닿는 그 어디에도 움직임은 없었다. 발자국 하나 없이 깨끗한 모래는 반짝반짝 빛날 뿐이었다. 쏴아아아…… 한차례 시린 강바람이 지나간 후 적막이 찾아왔다.

"장난이면 이쯤해서 그만둬. 재미없으니까!"

"……."

"하나도 재미없다고! 정말이야!"

"……."

"나와!"

"……."

"이제 그만 나오라고!"

"……."

"무엇해! 냉큼 나오질 않고!"

철렁, 가슴이 내려앉았다. 평화로운 풍경이 갑자기 섬뜩하게 뒤바뀌었다. 낯선 곳에 홀로 남겨진 두려움 대신 홍랑이 변을 당했을지도 모른다는 불길함이 먼저 정수리를 강타했다. 모든 게 그대로인 채 사람만 없어졌다, 꼭 십 년 전 그날처럼.

아우가 한 줌의 연기처럼 사라졌던 날. 모두들 산으로,

들로, 나루터로 홍랑을 찾아 나서고 그 커다란 상단에 재이만 홀로 남았었다. 밤이 지나고 새벽이 오자 사람들은 하나둘 돌아왔다. 곧 아무 일도 없던 듯이 세상은 돌아갔다. 기다림은 원망이 되고 끝내 죄책감이 되었다. 선명해진 그날의 기억이 다시금 거대한 돌덩이가 되어 재이의 심장을 짓눌렀다. 그 엄청난 무게에 무릎이 절로 꺾였다. 털썩, 반쯤 주저앉은 그녀가 고개를 떨궜다. 똑……똑…… 강변의 고운 모래알이 동그랗게 젖어들었다.

"뭐 해? 맨발로 흙바닥에 주저앉아서는."

심드렁한 음성에 재이의 고개가 벽력처럼 쳐들렸다. 아침 해를 등진 다부진 형상에 그녀의 면이 이지러졌다. 심장을 깨물린 듯 짜릇, 예리한 통증이 느껴졌다. 단 하루를 같이 보낸 것뿐인 믿을 수 없는 사내. 그를 온갖 험한 말로 밀어내었던 것은 저였다. 뿐인가? 그를 남겨두고 떠나려는 건 다름 아닌 자신이었다. 그가 떠나고 자신이 남을 수 있다는 건 어찌 생각지 못했을까? 엉거주춤 일어서며 답삭, 홍랑의 팔을 부여잡은 그녀의 입에서 기어이 흐느낌이 삐져나왔다. 호통을 치려 했는데 식겁한 탓에 그 모든 것은 눈물이 되어버렸다.

"대체…… 어딜 갔었느냐! 어딜, 어딜!"

"난 오디라도 따오려고…….."

벌건 눈으로 홍랑을 째려보면서도 재이는 마음을 진정시키지 못했다.

"그렇게 도끼눈을 치뜨면서 꺼지라
더니, 막상 꺼지니까 왜 찾은 건데?
대답해봐, 왜 찾았냐고?"

애타게 자신을 찾다가 십 년 전 기억에 휩싸인 것이 분
명해 보였으나 홍랑은 겁에 질린 재이를 구경하는 게 나
쁘지만은 않았다. 한데 어째 조금 난처하긴 하였다.

"알았어, 알았다고! 그럼 이제부턴 거머리처럼 찰싹 들
러붙어 있는다? 가라고, 꺼지라고 난리 쳐도 절대 안 떨
어진다, 알았지?"

오디를 디밀어봐도 소용이 없자 홍랑은 매끈한 먹돌
하나를 주워들었다. 그리고 수면 위로 가볍게 손목을 꺾
어 날렸다. 통통통 토도도동…… 아니나 다를까 징검다리
를 만들며 멀어지는 조약돌에 재이의 시선이 바짝 따라
붙었다.

"해볼래?"

재이의 찬 손을 덮어 잡은 홍랑이 물 찬 제비같이 시범
을 보였다. 순순히 제 손을 맡긴 여인은 이번에도 신기한
듯 물결의 궤적에만 집중했다. 순수한 것인가, 단순한 것
인가? 홍랑은 기가 차 비죽비죽 웃었다. 어느새 바짝 허
리를 숙인 재이 때문이었다. 세상에서 가장 날렵한 돌멩
이를 찾아내려는 듯, 입을 앙다문 채 강가를 뒤적이는 모
습이었다.

함월의 숙부 내외는 홍랑을 보자마자 눈물을 흘리며 천지신명님을 외쳐댔다. 연통을 받고도 긴가민가하였는데 민씨 부인을 쏙 빼닮은 얼굴을 보니 틀림이 없다 하였다. 사촌 운규는 어릴 때마냥 계곡으로 멱을 감으러 가자 보챘다. 하여 짐을 푼 지 한 식경도 지나지 않아 계곡으로 나온 참이었다. 숙부가 얼마나 공을 들여 물놀이를 보냈는지 계곡 아래쪽에서 소고기 굽는 연기가 연신 피어올랐다. 흰 차일 아래 앉은 재이와 홍랑, 운규 앞으로 각상이 올라왔다. 고기 서너 점과 굵은 소금 두세 알에 솔향이 나는 청주가 곁들여졌다. 신선놀음이 따로 없었다. 운규가 젓가락을 놓으며 홍랑에게 말했다.

"어? 설마! 그 손목 상처! 이수랑 목검 놀이하다 생긴 그거야?"

"목검?"

"참 신기하네. 크게 다친 것도 아닌데 십 년 전 상흔이 그리 뚜렷이 남아 있다니. 너 찾게 해주려고 하늘님이 내리신 징푠가 보다, 징표!"

이번엔 약과와 찬 오미자차를 올린 다과상이 대령되었다.

"너는 안 먹어?"

운규의 물음에 홍랑이 상 위를 훑어보았으나 그뿐이었다. 그때 계집종이 쪼르르 달려와 작은 종이를 내려놓았다. 홍랑은 그제야 종이에 약과를 싸서 집어 들었다. 그런 아우를 무심코 보고 있던 재이가 훅, 숨을 멈췄다. 손이 끈끈해지는 것을 못 견뎌 그리 좋아하는 당과도 곧잘 포기하던 아우였다. 사소한 습관은 학습되는 것이 아니잖은가! 다음 순간 단맛으로 환해진 홍랑의 면이 어린 시절과 오롯이 겹쳐졌다. 정녕……! 쓰르라미들이 여기저기서 요란스레 울어대자 재이는 별안간 머릿속이 먹먹했다. 죽자사자 틀어쥐고 있던 의심의 고삐가 어찌 이토록 소소한 것에 느슨해진단 말인가? 댕그래진 재이의 눈동자가 다시금 계곡으로 내려가는 홍랑의 뒷모습을 쫓았다. 얼핏 희한한 상처 하나가 눈에 띄었다. 홍랑의 양 발목 뒤에 똑같이 새겨진, 얌전한 흉터였다.

해가 지자마자 홍랑이 아이 키만 한 은촛대 두 개를 들고 재이가 머무는 별채로 건너왔다. 그가 총 네 개의 초에 불을 놓자 방 안에 달콤한 연기가 번졌다.

"지금은 누이를 위해 할 수 있는 게 기껏 불을 밝히는 것뿐이니 이거라도 열심히 할게. 봤어? 엄청 성심성의껏 불 놓는 거?"

"고맙다."

"뭐 이런 걸 가지고."

"아니, 파혼 말이야."

"고마우면 잘 좀 봐보든지."

"뭘?"

"정말 어릴 적 눈동자가 요만큼도 남아 있지 않은지."

홍랑이 촛대 하날 가져와 앞에 놓았다. 자세히 봐달라
는 듯 허리도 깊이 숙였다. 그의 얼굴이 재이의 코앞에서
딱 멈췄다. 어색하게 몇 번 눈을 껌뻑인 그녀가 자못 진
지하게 홍랑의 이목구비를 응시했다. 하나 늑진한 황금
빛 눈동자 속에 순수한 동자는 없었다. 젊은 사내의 열기
만이 가득할 뿐이었다. 그 눈매는 흡사 재이의 영혼까지
꿰뚫으려는 듯 더욱더 강렬해졌다. 퇴폐적이기까지 한 그
낯선 얼굴을 한 뼘 거리에서 마주 보는 것이 재이는 쉽지
않았다. 마른침을 삼키며 끝내 고개가 떨어졌다. 도망가
는 턱을 다시 잡아 올린 건 사내의 긴 손가락이었다. 재이
의 눈이 와락 치켜떠진 순간, 홍랑의 입술이 사뿐히 겹쳐
졌다. 햇솜 같은 눈송이처럼, 하롱하롱한 꽃잎처럼, 무른
살갗에 찰나의 전율이 내려앉았다.

"이제 확실히 알겠지? 눈앞에 있는 사람, 사내인지 아
우인지."

장난기가 싹 사라진 진지한 음성에 재이가 툭툭한 몸통
을 확 밀쳤다.

"미친 것이냐!"

"아야야야!"

구석으로 나가떨어지며 요란스레 엉덩방아를 찧은 홍랑이 죽는다고 엄살을 부렸다.

"어후, 아파! 장난 한번 친 걸 가지고 뭘 죽자고 달려들어? 근데 가까이서 보니까 얼굴에 주름이 자글자글한 게 장난 아냐. 뭐라도 좀 찍어 발라! 자세히 보니까 누이가 아니야, 완전 형님이야, 것도 큰형님!"

"뭐?"

"또, 또 그 가자미눈! 못생긴 얼굴 더 못생겨진다니까! 아, 아파. 아주 손끝은 징그럽게 매워 가지고. 그래, 이왕 이렇게 된 거 오늘은 여기서 누이랑 같이 자야겠다. 옛날처럼."

"허……! 까불지 마. 당장 일어나지 못할까!"

"이렇게 밤새 비가 오는 날엔 누이 생각을 엄청 했지. 솔직히 이건 비밀인데……."

홍랑이 갑자기 음성을 낮추며 귀엣말하는 시늉을 했다.

"아직 무섭다, 저 소리."

우르르릉 쾅쾅! 세상을 쪼개며 천둥이 내려앉았다. 정수리에 벼락을 맞은 양 재이는 꼼짝할 수 없었다. 가슴 한 귀퉁이에 생채기가 생긴 듯 따끔했다. 홍랑과 재회하던 날 수많은 질문을 퍼부은 저였다. 어린 시절 좋아하던 서책, 벗의 이름, 생일 선물…… 사실 그 모든 것을 정확히

답한 이들은 모두 사기죄로 벌을 받았다. 그녀도 알았다. 핏줄이라는 게 어디 그런 하찮은 질문으로 확인되는 것이던가. 사람은 결코 변하지 않는다. 종이로 약과를 싸 먹는 사소한 버릇이나 천둥소리에 어깨가 굽어드는 것은 꾸밀래야 꾸밀 수 없는 천성이 아니던가. 머릿속이 어지러웠다. 재이는 사박사박 홍랑에게 걸어갔다. 그리고 번개에 바짝 움츠린 덩치를 억지로 일으켜 세워 급히 문밖으로 내쳤다. 떠밀려 나가는 사내의 뒷모습에서 덜컥 조막만 한 아우가 떨어져 나왔다. 쾅! 거칠게 닫은 문짝에 등을 기대고서 재이는 한참 동안 새무룩이 서 있었다. 마른 번개가 땅을 쳤다. 천둥은 소리가 없었다. 고요한 방 안에 빗소리가 들어찼다.

쓸데없는 짓

"스무 살은 넘었지 싶습니다, 홍랑이란 자 말입니다."

부영의 말에 무진이 되물었다.

"스무 살?"

"계묘년 봄에 해월루의 송월이란 여객주가 다 죽어가는 홍랑을 데려왔는데 당시 열다섯 정도였다 합니다. 그때 청지기로 있었던 노인의 말이, 홍랑이 살려는 의지가 없었던 터라 의원들도 하나같이 포기하고 돌아갔는데 송월만은 끝까지 정성을 쏟았다 합니다. 회복 후엔 칼잡이로 특별 훈련까지 시켰고요."

"그렇단 말이지…… 같이 다니는 벙어리 놈은 또 누구라더냐?"

"김인회라고, 반년 전쯤 새로 들어온 칼잡이인데 의형

제라 할 만큼 붙어 다녔답니다.”

“이수는 만났고?”

“예. 조만간 오겠다 하셨습니다.”

“둘도 없는 죽마고우였다 하니 가짜를 대번에 알아볼 테지. 당장 아버님께 가야겠다.”

심열국 또한 방지련에게 같은 보고를 받은 터였다. 기본적인 몇 가지를 확인하고자 했을 뿐인데 일이 이상하게 흘러갔다. 상전의 불안을 읽은 방지련이 먼저 고했다.

“정보를 비싼 값에 산다고 하면 분명 입을 여는 자가 나타날 것입니다.”

“조용히 처리해. 그 누구도 동요하지 않도록. 특히 안채에 드나드는 아랫것들 입단속에 각별히 신경 쓰고.”

“이를 말씀입니까. 절대 마님 귀엔 들어가는 일 없도록 하겠습니다.”

방지련이 나가자 무진이 쏜살같이 들어 홍랑에 대한 것들을 소상히 읊었다.

“쯧쯧쯧. 쓸데없는 짓을 하였어.”

“하오나 아버님! 진정 석연찮은 구석이 한둘이 아니니 더 알아볼 필요가 있습니다.”

“네가 신경 쓸 일이 아니다.”

“아버님!”

“대마도로 가거라.”

"예……? 어인 말씀이신지…….."

"면포건 호피건 네가 원하는 것을 가져가서 한번 해보도록 해."

"이렇게는 못 갑니다, 아버님!"

"답지 않게 어이 몽니를 부리느냐? 걱정 마. 먹고 살 만큼은 셈하여 줄 것이니."

무진의 말쑥한 얼굴에 황망함이 깃들었다. 결국 장기판의 졸로 끝이 나는 것인가. 민상단에 발을 들였던 그날, 무진이라는 기막힌 이름을 받았던 그 밤. 민씨 부인이 친절히 일러주지 않았던가. 너는 홍랑의 자리를 표시하는 말뚝일 뿐이라고. 그 자릴 탐내면 사지가 갈가리 찢겨 나갈 것이라고.

철없고 애처롭고

　돌아가는 길엔 억지를 부리지 않기로 한 재이였다. 북
쪽으로 달음박질칠 기회를 엿봐야 하니 더딜수록 좋았다.
외진 산촌마을에 일찌감치 짐을 풀기로 하고 마방에 말들
을 건네기가 무섭게 후드득, 굵은 빗방울이 떨어졌다. 사
방에 흙내가 진동했다. 느닷없는 소나기에 홍랑이 널따란
토란 잎사귀를 뜯어와 급히 재이의 머리에 씌웠다. 바짝
몸을 붙인 채 총총총 마을 어귀로 뛰어 들어가는 두 사람
의 뒷모습이 연인마냥 다정하였다.
　다시금 맑아진 하늘을 이고 재이와 홍랑은 여각 평상에
마주 앉았다. 한 푼짜리 국밥으로 이른 저녁을 먹기 위해
서였다. 비에 쫄딱 젖은 옷도 상관없이 바삐 숟가락만 놀
리는 홍랑을 재이가 물끄러미 바라보았다. 이젠 이렇게

마주 보는 것이 익숙했다. 둘 사이에 흐르는 침묵도 어색하지 않았다. 재이는 손도 대지 않은 제 국밥을 홍랑에게 디밀었다. 그게 뭐라고, 물기를 머금은 얼굴로 사내는 활짝 웃어 보였다. 그 해사한 이목구비에 또 어린 홍랑이 덧그려졌다. 가슴이 꼬집힌 듯 따끔하여 재이는 하릴없이 지붕에 흐드러진 박꽃을 쳐다보았다.

"먹지도 못하는 거 뭘 그렇게 쳐다봐? 여기저기 핀 게 밉상이구먼."

"난 저렇게 오순도순 무리 지어 핀 꽃이 좋다. 우아하게 홀로 핀 꽃 말고. 저 박꽃도 가까이서 보면 분명 어여쁠 것이야."

"그래?"

어느새 초가지붕 위, 새하얀 박꽃 밭에 올라앉은 두 사람이었다. 한차례 소나기가 훑고 지나간 터라 십 리 밖이 선명하게 보였다. 녹음이 우거진 산모롱이하며, 꾸불거리는 밭고랑들, 번쩍이는 실개천, 오밀조밀 들어선 초가집들까지…… 고요한 촌락 전경이 시원스레 펼쳐졌다. 홍랑이 투박한 술병을 쭈욱 들이켜곤 재이에게 내밀었다. 국밥엔 손도 대지 않던 재이는 술로 허기를 채우려는 듯 그것을 단숨에 들이켰다. 잔도 없이 병째로 싸구려 탁주를 나누며 두 사람은 홍시처럼 흐무러지는 해거름을 함께 맞았다.

"여름이 되면 남의 집 초가지붕엔 수많은
박꽃이 피고 어김없이 탐스러운 박이 열리는데, 우리 집
지붕은 썰렁하기만 하니 그게 늘 못마땅했지."

"혹시라도! 어디 가서 그런 얘기 하지 마, 알았지? 지랄
도 풍년이라고 욕 엄청 처먹는다? 한양에서 내로라하는
기와 장인이 구워낸 청기와에 연화문 수막새까지 달고 살
면서 뭐? 초가지붕? 박꽃? 환장한다."

"홀로 있으면 별게 다 서러운 법이다."

"부모님은 어쩌고?"

"부모라…… 아버님은 내가 죽어도 상관 안 할 사람, 어
머님은 날 죽일 수도 있는 사람."

"뭐 그리 무섭게까지!"

"늘 살벌하게 협박했으니까. 아우가 만약 잘못되면 나
또한 죽은 목숨이라고. 사람들은 씨받이가 낳은 딸년까지
거두었다며 아버님을 추켜세웠지만 아니, 그냥 버리는 게
나았어. 아직도 요암재 담을 넘어 도망가는 꿈만 꾸니까."

"한참 멀었네."

"뭐?"

"도망가는 꿈을 꾼다는 건 아직 살만하단 거야. 잡혀오
는 꿈을 꾸는 순간 끝이야, 끝! 불안해서 잠도 못 자. 나도
감금이란 거 당해봤거든."

"어디에?"

"됐어. 뭐 좋은 얘기라고."

"누가! 대체 누가?"

홍랑의 머릿속에서 툭, 이름 하나가 튀어 올랐다. 김꾕표. 산속에서 철쭉을 삼키고 까무러친 쥐똥을 발견한 건 인신매매를 일삼는 김꾕표였다. 노새처럼 밧줄에 엮여 끌려가면서도 더 이상 굶진 않겠구나, 쥐똥은 오히려 안심하였으나 큰 착각이었다. 곧 꽃조차 삼킬 수 없는 깜깜한 땅굴에 감금되었으니. 함께 갇혀 있던 수많은 소년들이 어둠과 굶주림에 죽어 나갔다. 그 난리 통에 쥐똥은 심열국이란 이름 석 자를 들었다. 그가 김꾕표에게 '새하얀 피부의 소년'을 주문한 탓에 이 흙구덩이가 생겼다고 했다. 얼굴이 하얘지면 공집사라는 이의 심사를 거쳐 한평 대군에게 바치는 진상품이 된다고 했다. 쥐똥은 제 이름을 말하면 추노꾼에게 넘겨져 이마에 인두질 당할까봐 겁이 났다. 하여 말귀 못 알아듣는 천하의 반편이 행셀 하다가 '모지리'라고 불리게 되었다. 그렇게 땅굴에서 반년을 버텼을 무렵, 얼굴이 새하얗게 벗겨졌다는 이유로 모지리는 끝내 한평 대군의 별서로 배달되었다. 뾰족 창을 든 가병들과 높다란 담장으로 둘러싸인 그곳엔 이미 흰 피부의 소년들이 가득했다. 그러나 그 누구도 이름이 없었다. 배달된 순서대로 육십갑자가 매겨져 구별될 뿐이었다. 진짜 지옥문은 그때 열렸다. 모지리가 '신묘'란 순번을 단 순간이었다.

"말해봐, 말해보라니까!"

뻔득 정신을 차린 홍랑은 술기운에 상기된 재이를 바라보았다. 당장이라도 못된 놈들을 찾아 나설 듯 씩씩대는 얼굴이었다.

"이젠 기억도 안 나. 여튼 나 험한 꼴 많이 당했다고."

"진짜 말 안 해?"

"왜? 말하면 뭐? 그놈들 찾아가서 패주기라도 하게? 나 대신 반쯤 죽여놓기라도 하게?"

"내가 못 할 줄 아느냐!"

달큰한 숨결이 홍랑에게 뒷배가 되어주겠노라 감히 외쳐댔다. 홍랑의 가슴 한편이 찌르르 조여왔다. 난생처음 느끼는 낯선 통증이었다. 아니, 이 감정의 정체가 통증이 아닐지도 몰랐다. 젠장, 그는 속으로 욕지거리를 뱉어냈다.

"나 뭐 하던 놈이었는지, 못 들었어?"

"아……."

"칼잡이는 저승사자야. 제아무리 날고 기는 양반이라도 우리 손에 들어오면 죽음을 피할 수가 없어."

"누가 그런 짓을 시켰어? 대체 누가?"

"내가 선택한 일이야. 처음엔 살행을 다녀오면 며칠씩 앓았지. 그런데 그게 참 웃겨. 계속하다 보니 이 일에도 사명감이란 게 생기더라고."

"설마!"

"칠점사. 그게 내 별호야. 물리면 일곱 걸음을 못 떼고 죽는다는 맹독사. 누구보다도 잘 죽이는 살수가 되겠단 일념으로, 목 따는 데는 조선 제일이 되겠단 각오로 난 실력을 연마했어."

"도대체 왜?"

"표적이 된 이상, 단칼에 죽는 게 가장 행복한 일이거든. 죽음 앞에서 불필요한 고초를 겪지 않도록, 짐승마냥 죽지 않도록, 망자의 시신이 깨끗하도록, 한 번에 곱게 보내주는 거. 그게 실력이거든."

"분명히 널 사주하고 이용하여 이문을 남긴 이가 있을 터!"

"아니, 칼잡이는 오롯이 내 선택이었어. 그러니 천벌도 내 몫이지."

누군가의 숨을 빼앗고 어찌 편히 발을 뻗고 잤을 것인가…… 재이는 마음이 물러져 얼추 바닥을 드러낸 술병만 들이켤 뿐이었다. 그것을 빼앗아 내려놓은 홍랑이 그녀의 두 손을 덥석 잡아 올렸다.

"쳇. 마음이 따뜻한 것도 아니면서 손은 또 왜 이리 차대?"

홍랑은 작은 두 손에 호호, 뜨끈한 입김을 불어넣곤 곧장 제 얼굴을 감싸게 했다. 사내의 뺨에 머물던 온기가 재이의 손바닥으로 고스란히 옮아갔다.

"누이는 못된 놈들 찾아서 응징할 생각 말고 내 옆에 그냥 있으면 돼. 그동안 고생이 많았구나, 하면서."

속이 뜨끔해진 재이가 제 손을 떼어내며 읊조렸다.

"그런 위로가 다 무슨 소용이라고."

"그럼 어떻게 해야 위론데?"

"박꽃이 핀 초가가 갖고 싶다고 푸념할 때마다 오라버닌 '다음에 꼭 그런 집을 사주마.' 했다."

갑자기 튀어나온 무진의 말에 홍랑의 말투가 뒤틀렸다.

"그래서? 뭐, 정말 사줬습디까?"

"아니."

"그 봐. 말은 누가 못 해? 희멀건 샌님이 주둥이만 살아서."

"집 사준다는 걸 내가 돈으로 달랬다. 되었느냐?"

두 사람의 머리 위로 울긋불긋한 대춧빛 놀구름이 굼뜨게 사라졌다. 거뭇한 하늘 끝자락에 초롱별이 걸렸다. 겁 없이 들이켠 막걸리의 기운이 이제야 도는지 재이의 고개가 점점 무거워졌다. 홍랑이 슬쩍 떠보듯 물었다.

"그놈의 돈 되게 좋아하네. 꼬리별에 빈 소원은 정말 돈이었구나?"

"아니."

"그럼?"

"다음 생을 빌었다."

"뭐? 허, 또 태어나고 싶어?"

"이번 생은 망해도 단단히 망했으니 다음 생을 빌 수밖에."

"그래, 다음 생엔 어떻게 잘 살게 해달랬는데? 뭐라고 빌었는데?"

"다음 생엔…… 막딸로 태어나게
해달라고 빌었다. 이런 초가집에
사는…… 형제가 여덟이나 아홉
정도 되는 대가족에 막딸."

"뭐, 뭐라고?"

재이가 꼭 끌어안은 제 무릎에 고개를 얹으며 웅얼댔
다.

"그리 빌었다. 재이라는 딱 정떨어지는 이름 말고 막딸
아, 막딸아, 누군가 하루 종일 날 그리 불러줬음 좋겠다
고. 끼니마다 반찬 쟁탈에 정신이 없고, 이부자리에선 다
리도 팔도 잔뜩 엉켜서 숨이 막힐 지경에, 다 같이 세책점
에 들러 유행하는 소설도 빌려 읽고, 마당에선 흑괭이랑
백구랑 부대껴 놀고…… 그렇게 와자지껄, 복작복작……
투덕거림이 끊이지 않는 집에 막내로 태어나게 해달라
고…… 그리 빌었다."

술에 젖은 혀가 아무렇지 않게 말했다. 제발 세상에 시
달리고 싶다고. 얹을 말을 찾지 못한 홍랑이 꾸물거리는
사이 시린 침묵이 흘렀다. 일생에 한 번 볼까말까 한 꼬리
별에 가난을 소원한 여인이 철없게 보이다가도 한편 애처
롭게 느껴진 탓이었다. 그 거대한 상단에 이리도 작은 마
음 하나 내려놓을 구석이 없었구나…… 쓸쓸한 바람이 홍
랑의 마음을 훑고 지나갔다. 그러나 물러진 눈빛에 바짝
힘을 주면서 그는 기막히다는 듯 실소를 뱉어냈다.

"살다 살다 그런 거지 같은 소원은 첨이다, 진짜. 안되겠네, 오늘 여기서 밤새워야겠어."

"왜?"

"꼬리별을 다시 보고 말도 안 되는 소원 취소해야 할 거 아냐!"

"네가 뭔데 취소하라 마라야?"

"누이가 막딸이면, 난? 난 죽었음 죽었지 그런 집 열째는 절대 싫다고!"

"쳇, 그러는 넌 얼마나 대단한 걸 빌었는데?"

"난 누이 소원 꼭 이루어지게 해달라고 빌었다고, 젠장!"

홍랑이 초가지붕에 벌렁 드러누웠다. 정말 밤이라도 새울 모양새였다. 재이는 별안간 가슴이 시큰했다. 곧 떠날 자신이 사내에게 몹쓸 죄라도 짓는 양 느껴진 탓이었다. 몽롱한 와중에 또 답 없는 의문 속으로 그녀는 쑤욱 빨려 들어갔다. 이토록 진짜 같은 가짜가 있을 수 있는가? 가짜라면 응당 계모를 부추겨 자신을 제주가 아니라 타국의 변방으로 보내고도 남았다. 한데 굳이 붙들어둔 까닭이 뭘까? 몇 날 며칠 속이 들끓었으나 이유를 찾지 못하였다. 그러나 그가 홍랑이라는 또렷한 증거도 없지 않은가. 재이는 제 양쪽 뺨을 맵게 두들겼다. 정신 차리자. 술이 머리를 휘저어놓은 게 분명했다. 호도독, 후드드득. 한바탕 번개가 치려는지 또다시 굵은 빗방울들이 떨어졌다. 재이의 마음처럼 변덕스러운 날씨였다.

마지막 사치

홍랑은 잠결에 이불귀를 채잡았다. 주먹이 파들파들 떨렸다. 악몽 속에서 또다시 그날이 시작된 것이었다. 한평대군의 별서에서도 가장 후미진 사랑채. 그 안에 결박되어 엎드린 신묘의 시야에 하얗고 단정한 대군의 손이 들어왔다. 여느 때와 같이 그 손은 물수건을 집어 들곤 제 등마루를 세심하게 닦아내었다. 지극한 손길이 거듭될수록 척추를 따라 파슬파슬 수천수만의 소름이 돋아났다. 곧이어 벌어질 일이 무엇인지 아는 신묘는 어금니를 옥물었다. 엎드린 그의 코앞에 작은 비단 두루마리가 주르륵 펼쳐지고 길이와 두께가 제각각인 수십 개의 침이 진열되었다. 대군의 검지가 금과 은으로 만든 침을 쭉 훑어 내리다가 결심을 굳힌 듯 탁! 가장 굵은 은침을 짚어냈다.

"아아아악…… 흐으아아앗!"

건너편 홍랑의 방에서 처절한 신음이 들려온 것은, 재이가 막 길을 떠나려던 찰나였다. 그녀는 어둑한 방 안에서 봇짐까지 둘러멘 채로 갈팡질팡할 뿐이었다. 귀를 틀어막고서라도 저는 떨치고 나가 북쪽으로 질주해야 했다. 여비를 마련할 금장도가, 휘달릴 준마가 있었다. 어둠은 지고 새벽이 밝았다. 비는 그쳤고 날은 개었다. 모든 것이 갖춰졌다. 상황은 완벽했다. 한데 문을 잡아 여는 팔이 하염없이 굼떴다. 다리가 천근만근이었다.

"흐으으으으윽!"

뒤이어 들려온 것은 차라리 숨죽인 절규였다. 끝내 그것을 외면하지 못한 재이는 단박에 문을 박차고 건넛방으로 들어갔다. 꽝! 거친 문소리에도 홍랑은 깨어나지 못하고 이불을 틀어쥔 채 사투를 이어갈 뿐이었다. 식겁하여 봇짐마저 내팽개친 재이가 사내의 팔을 답싹 잡아 쥐곤 마구잡이로 흔들어댔다.

"다 꿈이다! 꿈일 뿐이란 말이다!"

그녀의 외침에도 홍랑은 쉽사리 정신을 차리지 못했다. 재이가 그의 가슴께를 세차게 뒤흔들자 땀으로 흥건해진 저고리에서 난데없이 흰색 향낭 하나가 툭 떨어졌다. 건장한 덩치가 흐늘거릴 때마다 향낭 위에 수놓인 박하꽃이 수줍게 하느작댔다.

"흐윽…… 흐흐흑…….'

싸한 박하향이 흐드러지자 악몽에 취한 홍랑의 눈꼬리에서 끝내 눈물 한 방울이 흘러나왔다. 무슨 사연인가? 무슨 징표인가? 대체 어떤 여인인가……? 잠시 정신이 팔렸던 재이가 도리질을 치며 잡생각을 뿌리쳤다. 일단 홍랑을 깨워야 한다! 뺨을 사정없이 내리쳤다. 한 대, 두 대, 세 대, 네 대…… 뻔쩍, 홍랑이 눈을 뜸과 동시에 재이의 손목을 낚아채 제 몸 아래 가두었다. 오랜 세월 몸에 밴 방어 자세였다. 탁한 동공과는 대조적으로 예리한 비수가 그새 재이의 목에 겨눠진 채였다.

순간 두 사람의 눈동자가 질척하게 뒤엉켰다. 야생마의 갈기 같은 홍랑의 머리칼이 재이의 목 주위로 스르르 쏟아져 내렸다. 재이는 나비를 한 움큼 집어삼킨 듯 격하게 팔랑거리는 가슴을 억누르며 고개를 모로 틀었다. 홍랑은 제 손아귀에 들어온 재이의 손목이 곧 또각 소리를 내며 부러질 듯 가늘어 기이한 가학심마저 느꼈다. 하나 곧 정신을 차려 비수를 갈무리하다 말고 번뜩 깨달았다. 처음으로 악몽이 중간에 끊겼다는 것을. 이 자그마한 여인이 자신을 현실로 불러낸 것이다. 그는 짧은 숨을 토해내며 재이의 몸 위로 쓰러졌다. 커다란 육체에 남은 잔떨림이 그녀의 가슴을 두드려댔다.

홍랑이 장난스레 속살댔다.

"어후, 이렇게 아프게 때릴 필요까진 없었잖아. 아주 이때다 싶어 작정을 하고 주먹으로 쥐어팼지, 그치?"

그제야 재이는 사내의 등 위에 손을 얹고는 토닥이듯 갉작였다. 머리는 아우가 아니라는데 가슴은 이미 죄책감에 점령당한 후였다. 이 새벽은 분명 기회였다. 장지문을 열고, 댓돌에 있는 신을 신고, 마방으로 가면 되었다. 평생 소원하던 탈출은 그리 쉽게 이루어질 수 있었다. 하나이 순간만큼은 그가 누구이건 간에 액막이 노릇을 하고 싶었다. 내동댕이친 보따리에 동창을 통과한 볕뉘 한 조각이 비쳐들었다.

이틀뿐이었다. 꼬박 이틀만 말을 달리면 한양에 당도한다. 송악산 기슭에 닿은 재이의 마음이 뒤숭숭했다. 연경으로 가겠단 머리와, 홍랑의 곁에 머무르겠단 심장이 아직까지도 충돌하는 탓이었다. 하나 아직도 무게의 추를 달아 저울질하고 있다는 것은 홍랑에게 일말의 의심이 남아 있다는 증거가 아니던가. 이것은 청나라로 갈 수 있는 마지막 기회다. 다신 오지 않을. 마침 앞서던 홍랑이 호젓한 산길로 말머릴 틀었다. 재이도 말없이 뒤를 따랐다.

"잠깐만 쉬어가자. 애들도 풀 좀 먹이고."

말고삐를 단단히 묶은 홍랑이 커다란 참나무 밑에 벌렁 드러누웠다. 그리고 금세 단잠에 빠져들었다. 그 곤한 얼굴에 머물렀던 재이의 시선이 저 멀리 갈림길을 바라보았다. 그 너머 어디선가 진짜 아우가 하염없이 저를 기다리고 있을 것만 같아서 마음 한쪽이 아려왔다. 속이 끝끝내 편치 않았다. 재이는 모질게 갈등을 잘라냈다. 그래, 국경으로 달리자. 한달음에 질주할 태세를 취하며 그녀는 말고삐를 틀어쥐었다. 그때였다.

"산촌에 눈이 오니 돌길이 묻혔구나. 사립문을 열지 마라. 날 찾을 이 뉘 이시리. 밤하늘 한 조각 밝은 달 그것이 내 벗인가 하노라."

재이의 두 다리가 꼼짝없이 못박혔다. 고삐를 잡은 손이 후들후들 떨렸다.

"꽃 지고 속잎 나니 시절도 변하는구나. 물속 푸른 벌레 나비 되어 날아간다. 뉘가 조화를 부려 이처럼 천변만화하는고."

탈탈, 도포 자락의 흙먼지를 털어내며 홍랑이 일어섰다. 발 없는 귀신을 보듯, 얼빠진 재이의 얼굴이 홍랑을 향했다.

"그새를 못 참고 내빼냐, 서운하게. 이러기야, 정말?"

왈칵 차오른 눈물에 온 세상이 거꾸러져 재이는 아우를 세차게 끌어안았다. 그리고 등 뒤로 꽈악, 깍지를 꼈다.

"네가 오길 얼마나 빌고 또 빌었는지 아느냐? 얼마나 기다렸는데! 얼마나 보고 싶었는데! 왜 이토록 애를 태웠어, 왜!"

사실 자신에겐 따져 물을 자격이 없었다. 아우는 처음부터 믿어달라고 강요하지 않았다. 홍랑이 준 암시들을, 그 작은 습관들을 외면하고 무시한 건 자신이 아니었던

가. 원망 대신 사과를 해야 옳았으나 그리움이 먼저 눈물로 터져 나왔다. 그 심정을 다 안다는 듯이 아우는 누이의 등을 도닥였다.

"우리 누이는 미안하면 우는구나, 바보같이. 그래. 울어라, 울어. 이참에 실컷 울어. 나 잡고는 그래도 돼."

그리 말은 했으나 별안간 가슴에 들어찬 온기에 홍랑은 후끈 몸이 달았다. 누군가 제 품에 달려드는 것이 낯설어서, 또 아우로서 누이를 마주 안는 법을 몰라서 곤혹스러웠다. 그러나 한편 이토록 만족스러울 수가 없었다. 드디어 재이를 완벽히 속였다!

광명재에 쌓여 있는 서책 중 유난히 손때가 탄 것을 골라내는 일은 어렵지 않았다. 그 사소한 것이 이토록 결정적인 역할을 할 줄은 상상 못 했다. 그녀의 잘난 자존심은 결국 무릎을 꿇었다. 계획대로라면 신이 나 쾌재를 불러야 옳다. 한데 재이가 다시금 얼음장 같은 눈빛으로 자신을 보는 걸 상상하는 것만으로도 퍼뜩 몸서리가 쳐졌다. 단 며칠만이라도 이 따스함을 간직하고 싶었다. 들끓는 충동을 이겨내려고 그는 가녀린 등을 힘껏 마주 안았다. 그러나 한 줌의 여체는 그나마 남아 있던 자제심마저 앗아가버렸다. 죽기 전 잠시 반짝이고 싶은 건 과한 욕심은 아닐 것이다. 홍랑은 처음이자 마지막으로 자신에게 사치를 허했다. 며칠만이다. 며칠만.

이 순간만큼은 진심이고 싶다

오누이가 도착한 곳은 절정의 하백 숲이었다. 기세등등한 여름 햇살 아래 온통 붉은 꽃이었다. 나뭇가지는 꽃송이의 무게를 감당하지 못하고 한껏 휘늘어졌다. 한차례 비에 씻긴 꽃향기가 법석이었다.

"와아…… 이런 천국을 알고 있었더냐?"

감탄하는 재이에게 홍랑이 어깨를 으쓱했다.

"개성 근처엔 이런 데가 수십 곳이야. 동백만 있는 게 아니라 춘백, 하백, 추백도 있다."

"난 하백이란 게 있는 줄, 꿈에도 몰랐다."

하백 숲에 치맛단 끌리는 소리만 수선했다. 재이는 함빡 웃으며 순한 꽃가지를 고르고 골라 꺾어내었다.

"혹여 기억하더냐? 꽃 갈래 땋기."

"아니. 기억 안 나."

"금세 생각날걸? 네가 늘 계집애처럼 내 머리 타래를 가지고 놀았잖느냐?"

"이, 잊어버렸어!"

"해보면 알 거라니까 그러네. 분명 손은 기억하고 있을 것이다."

"아니라고! 정말 기억 못 한다고!"

아우의 외침은 간단히 무시되었다. 히죽 웃은 누이는 나지막한 꽃그늘에 아우를 앉히곤 그의 무릎 위에 여린 꽃송이들을 늘어놓았다. 그리고 제 머리칼을 푸스스 풀어내어 자득자득 쏟아내리면서 그 앞에 척 돌아앉았다. 잠시 침묵이 흘렀다. 어디에도 닿지 못한 홍랑의 손이 허공에서 방황하였다.

"무얼 해? 그냥 일단 해보래도?"

재이의 보챔에 홍랑은 할 수 없이 그녀의 머리칼을 그러쥐었다. 그러나 평생 칼잡이로 살았기에 이토록 미끈한 머리 타래를 다루는 법은 알지 못했다. 그의 숨소리가 점점 당황으로 짙어졌다.

"한숨 쉬기는. 예쁘게 안 하면 뭐 내가 널 잡아먹는다니? 그냥 생각나는 대로 해보라는데도."

재이의 등 뒤에서 홍랑은 쩌릿한 손을 허공에 재차 털어내었다. 당최 이따위 것이 무슨 대수라고! 얼레빗마냥 손끝을 살짝 구부린 그가 낭창한 여인의 머리칼을 소심하게 빗어 내렸다. 그리고 머리칼을 세 갈래로 나눈 후, 엄지손가락과 집게손가락을 이용하여 천천히 꼬아 내렸다. 하나 거기까지였다. 흰 목덜미를 덮은 머릿결을 쓸어 올리는 찰나, 상처뿐인 손가락 사이로 선뜩선뜩 소름이 돋아났다. 재이의 뒤태에서 아지랑이처럼 피어오른 꽃향기가 진득하게 홍랑의 심장을 휘감았다. 아우성치는 맥박을 느끼며 그는, 흑단 같은 머리 타래를 대충대충 땋아 내렸다. 그리고 여기저기 꽃가지를 끼워 넣곤 얼렁뚱땅 매듭지었다. 생그레한 재이가 다시 돌아앉았다.

"어떠하냐?"

손끝으로 제 머리 모양새를 어림짐작하며 그녀가 되물었다.

"역시! 해보니 기억이 난 것이지?"

"그랬던 것도 같고 아닌 것도 같고……."

"동백꽃이 피면 함께 남산엘 가자!"

"……봐서."

"대답이 뭐 그리 시원찮아?"

재이가 여릿한 새끼손가락을 펴 보였다.

"약속!"

"유치하게 무슨 약속이야, 약속은…… 애들처럼."

"꼭 보고 싶단 말이다. 홍동백."

억지로 홍랑의 새끼손가락을 잡아 올린

재이가 그것에 제 것을 마구 얽었다.

"약속한 거다. 응?"

홍랑이 마지못해 고개를 끄덕이니 여인이 해끗하게 미소 지었다. 그 곱다란 눈웃음이 홍랑이 힘겹게 쌓아 올린 위장의 장막을 와장창 깨부쉈다. 이 순간만큼은 진심이고 싶다…… 홍랑은 생각했다. 그래서 있지도 않은 미래를 그는 답했다. 아우의 속도 모르고 누이의 입가에 볼우물이 패었다. 처음이었다. 재이에게 볼우물이 있는 줄, 알지 못했다. 신기루를 본 듯 홍랑은 마주 웃으며 그녀의 잔머리를 찬찬히 쓸어 넘겼다. 그리고 마지막 꽃 한 송이를 귓가에 꽂아주었다. 홍랑의 심장 파동이 유난했다. 온갖 거짓말을 하는 동안 제가 속은 것이다. 엉성한 꽃 치장에도 아름답기만 한 이 여인에게 차곡차곡 마음이 쌓여 스르르 기운 것이다. 막대한 재물도 대단한 권력도 아닌, 한낱 들꽃이 그녀를 웃게 한다면 어쩌면 제가 그녀를 행복하게 해줄 수도 있지 않을까…… 그런 덧없는 망상을, 홍랑은 했다. 새벽안개처럼 흔적도 없이 사라질 여름날이었다.

여행의 마지막 밤. 동그란 창 너머로 달무리가 짙었다. 촛대에 붙은 화려한 그림자 막이 덕에 흰 벽에 거대한 나비 문양이 돋아났다. 그것을 멍하니 응시하던 재이는 헛웃음이 났다. 고급 여각에서 큰돈을 지불하고 잡아놓은 제 방을 놔두고 누이의 방에서 조곤조곤 수다를 떨다가

잠들어버린 아우 때문이었다. 어릴 때마냥 양팔을 위로 뻗고 나비잠을 자는 그의 옆에, 재이는 기다랗게 모로 누웠다. 나른하게 펴진 아우의 손바닥에 먼저 눈이 갔다. 온통 굳은살투성이였다. 발목의 흉터와 상관이 있는 것일까? 대체 누구에게 감금당했던 것일까?

재이는 감히 칠점사의 삶을 상상할 수 없어 애써 그림자놀이를 좋아하던 어린 홍랑을 떠올렸다. 누이의 방으로 숨어든 밤이면 어린 아우는 능숙하게 조막손을 겹쳐 흰 벽에 새도 날리고 나비도 날렸더랬다. 그 손은…… 희고도 포실했다. 이 거대한 간극이 재이의 가슴을 찌르르 울렸다. 하긴, 비슷한 면이 영 없는 건 아니었다. 오늘 제 머리칼에 꽃을 꽂아주던 손가락은 섬세하고도 따뜻하지 않았던가. 뿌듯하게 미소 지은 그녀는 오래전 그날처럼 아우의 길고 긴 속눈썹을 쓸어내렸다. 간지러운지 미세하게 찡긋대는 미간이 오래전 추억을 되살리는 찰나, 그가 모로 뒤채며 재이의 품을 파고들었다.

'흡!'

추운지 두 자가 넘는 어깨를 잔뜩 옹송그리며 아우는 시나브로 누이의 턱 밑을 비집고 들었다. 추운 것인가? 바짝 굳었던 재이는 겨우 손끝만 움직여 조심스레 이불을 끌어올렸다. 하나 이불 안을 점령한 박하향이 그녀를 더 큰 혼돈으로 몰아넣었다. 설상가상 가녀린 목덜미에 훅, 후터분한 남성의 숨결이 들러붙었다. 그 규칙적인 훈풍에 재이의 관자놀이에서 송골송골 땀이 배어 나왔다. 빳빳한 등줄기가 뭉근히 젖어들었다. 늪에 빠진 듯 사지가 말을 듣지 않았다. 기껏 그녀가 할 수 있는 것이라곤 눈꺼풀을 빠르게 깜빡이는 것뿐이었다. 소낙비를 견뎌내는 들꽃처럼 심장이 제멋대로 팔락거렸다. 영원히 끝날 것 같지 않은 밤이었다.

서글픈 재회

오랜만에 요암재로 돌아온 재이에게 을분 어멈은 미심쩍은 세모꼴 눈을 하며 재차 물었다.

"참말 허실 꺼여유? 참말로유?"

"응."

"사람이 안 허던 짓을 하므는 갈 때가 된 거라고 허든디?"

짓쩛은 봉숭아를 상전의 손끝에 올리던 을분 어멈은 구태여 속엣말을 입 밖으로 내뱉었다. 꼬박 열아홉 해 동안 모셔온 어린 주인이 오늘따라 낯설기만 해서였다.

"누이야!"

한달음에 요암재로 달려온 무진 또한 마주 앉은 누이가 생경하긴 마찬가지였다. 불과 얼마 전 함월에 보낸 것은 피죽도 못 먹은 듯 보이던 파리한 소녀였다. 한데 돌아온 것은 생기 넘치는 여인. 그 변화가 너무 극적이었다. 배꽃 같은 얼굴로 주홍빛 손톱만 쳐다보느라 재이는 오랜만에 본 오라비도 뒷전이었다.

"내 이야기 듣고 있느냐? 이수가 곧 온다는구나. 하면 그놈이 꼼짝없이……."

"홍랑입니다, 제 아우."

소스라치게 놀란 무진이 허리를 곧추세웠다. 뒤통수를 후려치는 불길함 때문이었다.

"무슨 일이 있었구나! 무엇이냐? 회유당한 것이야? 아니, 겁박당하였더냐? 그 천하의 몹쓸 놈에게……!"

"아닙니다. 아우도 몰라보는 천치 같은 누이 때문에 오히려 홍랑이 맘고생을 하였습니다. 참, 오라버니 화가 많이 나셨죠? 들었습니다. 아버님께서 대마도로 가라 명하셨다고."

"너마저 어찌!"

"괘의치 마세요. 그저 시찰 다녀오신다 생각해요, 오라버니."

재이가 쉬이 결론지었다. 별일 아니란다. 진짜인 홍랑은 남고, 가짜인 저는 떠나면 된다 한다. 그럼 모두 해결된단…… 무엇이? 어떻게? 이 순간 무진을 더욱 당혹스럽게 한 건 바로 누이의 표정이었다. 십 년 동안 단 한 번도 본 적 없는 보드레한 낯빛이었다. 무진은 꽈악, 주먹을

틀어줘었다. 질투와 원망이 굵은 핏줄로 배어 나왔다. 문
밖에서 부영의 다급한 음성이 들려온 것은 그때였다.

"도련님, 도련님!"

"무슨 일이냐?"

"그것이…… 막새골에 일이 생긴 듯싶습니다."

　무진은 급하게 말을 몰았다. 모질게 발걸음을 딱 끊은
지 십 년이 지났건만 마을 어귀부터 산속 샛길까지 망설
임 없이 내달린 그였다. 하나 꿈에도 그리던 막새골 옛집
엔 을씨년스러운 냉기만 가득할 뿐이었다. 그 꼴이 마치
흉가 같아서 제 아비가 여태 이곳에 사는지조차 의심스러
웠다. 무진의 눈동자에 왈칵 노여움이 깃들었다. 기가 찼
다. 제 목숨값이 무려 이천 냥이었다. 사대문 안에 기와집
을 사고도 남을 그런 큰돈을 대관절 어찌 탕진했단 말인
가! 흉물스럽게 드러누운 싸리문을 붙들고 무진이 감정
을 추슬렀다. 정작 원망스러운 것은 생부가 아니었다. 무
슨 잘난 꼴을 보자고 그 긴 세월 진정 연을 끊은 자신이
었다. 무진이 부영을 돌아보며 물었다.

"의원은? 다녀가셨더냐?"

"예, 한데 웬만한 장정들도 장 서른 대면 사경을 헤매는
지라……."

　매품을 팔았다 했다. 보리 한 말에 장 서른 대를 대신
맞았다 했다. 하나 뜨신 보리밥은커녕 그길로 앓아누웠

다. 허리가 영영 못쓰게 되었다 했다. 신까지 신은 채로 툇마루에 올라선 무진은 단번에 방문을 열어젖혔다. 걸쭉한 여름 곰팡내, 눅진한 땀 냄새, 역한 피 냄새가 한데 섞여 터져 나왔다. 놀란 그가 말을 잇지 못하는 사이 불쾌한 침묵이 흘렀다. 엉덩이께가 피딱지로 엉겨 붙어 간신히 모로 누운 노인이 그제야 눈을 떴다. 맷독에 취해 탁해진 눈알이 무례한 손님을 올려다보는가 싶더니 홱 홉떠졌다.

"설…… 설경이냐?"

오래전 죽은 이름이 불러온 애상을, 무진이 목구멍으로 밀어 삼켰다.

"……설경아…… 정녕 네가 맞느냐? 내…… 헛것을 보는 게냐?"

노인은 상한 몸뚱어리를 추스르며 얇은 팔뚝에 바짝 힘을 주었다. 그러곤 꿈이 아님을 확인하듯 아들의 발목을 답삭 잡아챘다. 비쩍 골은 품에 다 큰 자식을 안고 나서야 그는 서럽게 오열하였다.

"으흐흑…… 아이고, 아가! 아이고…… 내 새끼…….”

"이 꼴이 다 뭡니까! 꼴에 양반이라고 날 보낼 때조차 점잔을 빼더니 어쩌다 보리 한 말에 몸까지 파셨소?"

"아이고 아가, 내 잘못했다, 아비가 잘못했다!"

"이렇게 구질하게 살 거면 도대체 왜 날 보냈소, 왜! 자식 팔아 한몫 크게 챙겼으면 떵떵거리고 잘 살든가! 바보 천치같이 왜 이러고 사느냔 말입니다! 그 큰돈을 어찌 다

날렸느냔 말이오!"

"흐으윽…… 용서해다오, 내 너에게 진정…… 몹쓸 짓
을 했다, 설경아……."

"나한테 나뭇가지라도 꺾어오라 했어야지! 솔방울이라
도 주어오라 했어야지! 그렇게 주막에 나뭇단이라도 대
며 같이 살았어야지! 굶어 죽더라도, 얼어 죽더라도 같이
죽었어야지! 같이, 같이!"

건장한 아들이 병약한 아비 위로 서서히 무너졌다. 아
비의 깡마른 체구가 이루 말할 수 없을 만큼 상하여 무진
은 덜컥 겁이 났다. 목이 메어 울음조차 나지 않았다.

정인이라니

　농염한 불볕이 광명재 후원을 점령했다. 반짝이는 연못 위로 잉어들의 파동이 동글동글 번져나갔다. 팔각지붕을 인 정자에 기대앉은 재이는 연두색 저고리에 개나리 빛 치마로 새뜻하게 차려입은 채였다. 연지를 바른 입술은 붉었다. 그간 떨어져 지낸 세월을 메우려는 듯 그녀는 앉으나 서나 홍랑 생각뿐이었다. 그 은근한 눈동자가, 곧게 뻗은 콧마루가, 도톰한 입술의 온도와 그 달뜬 숨결까지 모든 것이 생생했다. 혹시 정인이란 이런 느낌이 아닐까? 무의식중에 스친 생각에 재이의 눈두덩으로 핏물이 확 쏠렸다가 썰물처럼 빠져나갔다. 정인이라니! 불쾌함인 듯 설렘인 듯 지독히도 생경한 감회가 밀려들었다. 급히 도리질을 해댔다. 아니다, 핏줄이 당긴다는 것이야말로 이런 느낌일 것이다. 그녀는 황급히 결론지었다.

그때 살그머니 다가온 홍랑이 다짜고짜 그녀의 허벅지를 베고 누웠다. 건방지게 재이의 손을 잡아채 허공에 띄우기까지 했다. 황당함도 잠시, 순순히 제 손바닥을 햇발 가리개로 허락한 누이가 한 뼘 그늘이 드리워진 아우의 얼굴을 훑었다. 자신이 자꾸 혀를 놀려 입술을 적신다는 건 알지 못했다.

"돈을 내."

"뭐……?"

"돈을 내라고, 그렇게 뚫어지게 쳐다보려면."

"내, 내가 언제?"

뻔뻔스레 제 다리를 차지한 어깨를 재이가 확 밀쳤으나 홍랑은 손쉽게 버텨내었다.

"근데 아까부터 궁금했는데, 입이 왜 그래? 누구랑 싸웠냐? 맞았어?"

화난 눈씨를 하며 재이가 입술을 닦아내려고 제 소매를 들어 올렸다. 그 팔을 순식간에 제압한 홍랑이 제 엄지손가락을 뻗어 재이의 입술연지를 살짝 문질러냈다. 샛노란 치마폭에 머리를 둔, 거만한 자세를 유지한 채였다.

"이렇게 시뻘건 앵도색, 안 어울려. 연한 복숭앗빛이라면 모를까."

홍랑은 훔쳐낸 연지를 제 입술에 쓱쓱 펴 발랐다. 소꿉놀이를 하듯 익살스러운 동작이었으나 백설 같은 피부에

핏빛 입술은 전혀 우습지 않았다. 그 섬뜩한 입술에 잡아먹혀도 좋겠단 괴상한 생각을, 재이는 했다.

"이것 봐. 꽃이라고 다 같은 붉은색이든? 꽃을 그리 좋아하면서 그건 왜 몰라?"

"여인의 화장법까지 꿰고 있더냐?"

"그런 표정도 지을 줄 아네?"

"어떤?"

"나 좀 봐달라고 떼쓰는 표정."

"말도 안 돼!"

어이가 없다는 듯, 또르르 눈동자만 굴린 재이가 하릴없이 당과를 한입 베어 물었다. 쓴지 단지 당최 맛을 느낄 수가 없었다. 염치없는 아우가 또 누이의 손을 예사로 당겼다. 사내의 입술이 열린 것은 그때였다. 재이의 잇자국이 선명한 당과는 일찰나 그 입속으로 빨려 들어갔다. 반박할 틈을 주지 않으려는 듯 발간 입이 노골적으로 여인의 손끝에 남은 꿀을 빨았다. 화낼 찰나를 놓친 재이의 눈이 살푼 커졌다. 매끈한 혀의 감촉이 실로 적나라한 탓이었다. 다음 순간, 여인의 손등에 홍랑이 입술을 내리찍었다. 재이는 덜컥 숨이 막혔다. 별안간 매미가 사방에서 울어 젖히고 여름 볕뉘가 정수리를 쪼아댔다. 그녀는 스르르 제 손을 잡아 뺐다. 턱에 고였던 진득한 땀 한 방울이 기어이 가슴골을 타고 흘러내렸다.

말캉한 허벅지를 베고 모로 누운 홍랑의 눈매가 설핏

135

구겨졌다. 매 순간이 마지막 같아서 더 이상 이 짓거리가
신이 나지 않았다. 처음엔 얼음 가면을 쓴 듯한 재이의 얼
굴에 복잡한 속내가 비치는 것이 우스웠다. 절대 닿을 수
없을 듯 냉정했던 여인이 속수무책 딸려오는 게 재밌기도
하였다. 그런데 이젠 가슴이 시렸다. 가엾고 딱했다. 문뜩
남의 아픔과 불행까지 가늠하는 자신이 홍랑은 곤혹스러
웠다. 세상 제일 재수 없는 놈이 자신이어서 다른 이의 좌
절은 상상조차 해본 적 없었다. 한데 재이란 기쁨을 만나
슬픔을 알게 되었다. 그 달갑잖은 감회를 매섭게 쳐내며
홍랑은 고집스레 입술을 닫아 물었다. 저에게 슬픔은 사
치다. 순간 그녀가 애달팠던 건 그저 변덕일 뿐이다. 기이
한 욕망이 만든 물거품 말이다.

"나 곧 장가든대."

꼭 남 이야기하듯 홍랑이 제 혼사를 말한 순간, 베개를
자처했던 재이의 허벅지가 경직되었다.

"어머니가 그러시더라. 이미 점찍어놓은 여인이 있다나
뭐라나."

재이는 아무렇지 않은 척하였으나 등줄기가 빳빳하게
굳는 것까지 통제할 순 없었다. 홍랑의 짝이 될 여인을 떠
올리는 것만으로 가슴이 저릿했다. 부질없음을 알면서도
만약이라는 가정이 솟아올랐다. 홍랑이 아우가 아니었다
면, 그저 평범한 사내였더라면…… 매미들도 모두 쉬는지
진득한 침묵이 이어졌다.

끼이이이익, 정적을 박살내며 나타난 것은 무진이었다. 뒤에 이수를 달고 온 참이었다. 당황한 재이가 간신히 아우의 입술에서 벌건 연지를 훔쳐내었으나, 홍랑은 누이의 허벅지를 벤 자세를 고수할 뿐이었다. 그 방자한 모습 탓에 무진의 눈에서 불꽃이 튀었다.

이윽고 모두가 정자에 둘러앉자 냉차를 올린 을분 어멈이 천연덕스레 궁둥이를 들이밀고 앉아 손부채질을 해댔다. 십 년 만에 조우한 죽마고우 이수가 말을 떼었다.

"아버님께서 자넬 상처로 알아보았다 하니 참으로 기이한 일이야. 어디 나도 좀 보세."

슬쩍 소매를 걷어 올린 홍랑의 손목에 오래된 상흔이 선명했다.

"자네와 목검 놀이를 하지 않았다면 어쩔 뻔했어."

홍랑이 호쾌하게 말하였으나 이수의 면이 굳어졌다.

"기해년의 일을 그리 여기고 있었던가?"

"하면?"

"겨울 감을 따다가 가지에 박힌 것이잖은가? 누님 주려고 감나무를 탔다, 이실직고를 하였다간 어머니께 한소리 크게 들을 테니 또 날 팔았던 게로군."

"그랬던가……."

홍랑이 당황하자 을분 어멈이 찻상을 정리하며 껴들었다.

"쬐껜헌 도령들이 엎어지고 자빠지

고 허는 것이 일상인디 감나무 탄 게 뭔 대수라고 기억허고 있겠어유."

을분 어멈의 구시렁에 이수가 맞장구를 쳤다.

"하긴 그렇지. 아, 마침 좋은 생각이 났네! 자네와 나 둘만의 비밀 말이야. 저 소나무가 저리 아름드리가 됐군."

이수가 제 후원인 양 앞장서 걸어갔다. 다들 엉거주춤 일어나 소나무 아래로 모였다.

"여기에 노랑이를 묻었잖은가. 근사한 오동나무 관까지 짜서. 값진 물건을 함께 넣으면 참새가 봉황으로 환생한다고 자네가 기어코 내 물건까지 뺏어갔지."

"그……랬었던가."

"그게 자네가 실종되기 불과 며칠 전이었지?"

이건 도저히 기억이 안 날래야 안 날 수가 없다는 듯, 이수가 말을 이었다.

"내 그날 어머님께 눈물이 쏙 빠지게 혼쭐이 났었네. 신고 있던 녹비혜를 참새 무덤에 넣고 맨발로 집에 돌아왔다고. 자네는 무얼 넣었더라?"

꼭 답을 받겠다는 듯 침묵하는 이수를 향해 홍랑이 입만 뻥끗거렸다.

"설마 내 신까지 벗겨가놓곤, 자네가 무얼 넣었는지는 기억도 못 하는 겐가? 참말로 노랑이가 환생을 하였는지 십 년 후에 파보기로 나와 약조하지 않았는가. 오늘 한번 파보기로 함세. 자네가 무엇을 넣었었는지도 직접 확인하고 말이야."

을분 어멈이 오두방정으로 손사래를 치며 앞으로 나섰
다.

"흐미, 도련님두! 암만 손바닥만 헌 새 새끼라도 으디
무덤을 파헤친다 혀유?"

"네가 결정해. 어쩔 테냐?"

무진이 도발하기 무섭게 홍랑의 손에 단도가 들렸다.
지체 없이 땅을 파내자 금세 축축한 흙을 머금은 오동나
무 함이 나타났다. 기껏 벼루만 한 크기였다. 뚜껑을 열자
모두들 그 안을 주시하였으나 한쪽엔 앙증맞은 신발이,
또 한쪽엔 종이에 싸인 새의 사체가 놓여 있을 뿐이었다.
궁금함을 못 이긴 이수의 손이 쑥 들어와 상자를 흔들어
댔다. 바로 그때, 해괴한 정적이 일었다. 식겁하여 손등으
로 제 입을 틀어막은 재이가 휘둥그런 눈으로 홍랑을 지
르봤다. 무진의 입가엔 미소가 어렸다. 곧 모두의 눈에 뒤
집어진 박쥐 문양이 생생하게 박혀들었다. 신비한 푸른
빛. 비취 염주였다.

가을

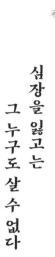

심장을 잃고는
그 누구도 살 수 없다

　소쩍소쩍. 밤의 적막을 깨는 소쩍새 소리가 어째서인지
인회에겐 아픈 비명으로 들렸다. 그는 미간을 찌푸리다
말고 백자 그릇을 잡아 드는 홍랑의 팔을 지그시 눌러댔
다.

　"왜 또 그래, 새삼스럽게? 그리 많은 죄를 짓고도 뻔뻔
하게 산다면 그건 금수지. 난 인간으로 죽을 거다. 좀 도
와주지?"

　홍랑이 차분히 인회의 팔을 떼어낸 후 단번에 꿀물을
들이켰다.

　"크으, 달다."

　벌떡 일어난 그가 진청색 도포를 걸치며 인회에게 서찰
하나를 건넸다.

"송월 객주에게 전해. 이대로 하되 서둘러달라 이르고. 그러면 적어도 사흘 뒤엔 도성에 소문이 쫙 깔리겠지."

채비를 마친 홍랑이 미련 없이 장지문을 나섰다. 흑돌 같은 인회의 눈동자가 덩그러니 놓인 빈 그릇을 응시했다. 그토록 염원하던 끝이건만 의형은 점차 피폐해져갔다. 그가 가혹하리만치 스스로를 다잡는 이유를 인회는 알았다. 불현듯 심장을 갖게 된 까닭이었다. 무릇 심장을 잃고는 그 누구도 살 수 없다. 설령 칠점사라 해도. 인회는 깊은 한숨으로 어깨를 떨어뜨렸다. 말 못 하는 입 안이 썼다. 소쩍소쩍. 미물은 끊임없이 비명을 토해내고 있었다.

안채에 있던 민씨 부인은 무언가 크게 어긋났음을 느꼈다. 빳빳하게 다림질된 도포 차림으로 정성을 다해 큰절을 올리는 아드님의 모양새가 영 심상치 않아서였다.

"돌아가겠습니다. 평양으로."

그 말 한마디에 민씨 부인은 소스라쳤다. 바로 이것이었다. 그토록 두려워하던 것이. 그녀는 자신도 모르게 무릎을 꿇으며 자세를 고쳐 앉았다.

"어미가 잘못했습니다. 못난 어미가 귀한 아드님을 놓쳐 오랜 시간 고초를 겪게 하였습니다. 하나 이제 곧 모든 것이 제자리로 돌아갈 것이에요. 말뚝은 뽑히고 상단은 아드님 차지가 될 것이니 이 어미를 믿으세요!"

"그런 것은 중요치 않습니다. 기억은 더디고 아무것도

144

손에 잡히질 않으니 당최 이곳에 정을 붙일 수가 없습니다. 저 스스로 더 이상 확신이 서질 않습니다."

"확신! 이 어미가 합니다. 제가 확신한다질 않습니까! 광명재에서 있었던 일 때문에 상심하셨습니까? 그깟 염주가 뭐라고요! 괘의치 마세요. 이 어미가 아드님을 곧 행수 자리에 앉혀드릴 것입니다. 머지않아 단주 자리에도 오르셔야지요!"

다음 날 아침. 사잇문을 모두 연 집무재에 홍랑이 들어서자 좌우로 도열한 서른두 명의 행수들이 일제히 머리를 조아렸다. 회합을 통보받지 못한 최고 행수, 무진의 자리만 텅 비어 있을 뿐이었다. 그 자리에 덥석 앉은 홍랑이 행수들과 한 명 한 명 눈인사를 나누었다. 제일 끝에 앉아 있던 김굉표는 식겁하여 고개를 홱 수그렸으나 아무도 그의 당황을 눈치 채지는 못했다.

잠시 후 무진이 허겁지겁 집무재에 들어섰을 땐 이미 회합이 파하여 행수들이 흩어지는 중이었다. 정신없이 그들을 거스르며 안으로 뛰어 들어간 무진은 막 자리를 뜨려는 심열국 앞을 막아섰다.

"어찌하여 홍랑을 그리도 믿으십니까!"

"목소릴 낮춰라!"

얼핏 무진의 뒤를 일별하며 집무재가 싹 비워진 것을 확인하곤 심열국이 답했다.

"믿지 않아."

"하면……!"

"적어도 너만큼 약하진 않으니 그것으로 족하다."

"지난 십 년간 명하시는 대로 무엇이든 했습니다. 돌림 병이 창궐할 때도 빠짐없이 분전을 돌고 서슴없이 국경을 넘었습니다, 아버님!"

"날 아비로 여기긴 했더냐!"

"예?"

"앓아누운 막새골 생원은 어찌하고?"

쩌억, 무진의 얼굴에 균열이 갔다.

"쯧쯧쯧. 이래서 너는 아니 되는 것이지. 매몰차게 연 하나 끊어내질 못하니. 내달 보름이다. 최행수가 대마도 길에 오를 것이니 따라나서거라!"

심열국이 쌩하게 나가자 털썩, 무진이 무너졌다. 넋 나 간 얼굴이 꼭 사약을 받은 죄인의 몰골이었다.

그 시각, 민씨 부인의 안채로 부름을 받은 홍랑의 손엔 옻칠을 한 자개함이 떨어졌다. 그 속에 차곡차곡 접혀 있는 것은 무려 수십 장의 재산문서들이었다. 그 끝엔 하나같 이 심홍랑이라는 세 글자가 박혀 있었다. 홍랑은 민씨 부 인을 보며 처음으로 함빡 웃었다. 제 의도대로 행해준 그 녀에 대한 비웃음이었으나 그 시커먼 속을 꿈에도 모르는 어미는 아드님과 비밀을 만들어 마냥 기꺼울 따름이었다.

난데없이 터져 나온 흉흉한 풍문에 온 저잣거리가 들썩
들썩했다.

"거 들었나? 민상단이 조직적으루다가 가품 제작을 했
다는 거 말야! 싸구려 백자는 도토리 우린 물에 넣고, 청
자는 썩은 지푸라기 끓인 물에 달포간 담구면 유물이 따
로 없다더만. 본 사람이 그러는데 아주 감쪽같대."

"지방 분전에선 아예 모사꾼들을 수십 명씩 기거시키
면서 유명 서화들을 베끼게 한다더라고. 얼마나 정교한지
원작자도 속아 넘어가는 지경이라더군!"

"진짜 충격적인 게 뭔 줄 아나? 민상단에서 통용하는
금괴랑 은괴를 가지고 있다가 낭패를 본 양반놈들이 그렇
게나 많대. 아랫목에 소중히 보관하였다가 몽땅 녹아내려
식겁을 한 게지."

도성이 한바탕 난리였다. 상인들은 이 충격적인 소문으
로 쑥덕대느라 생업을 잊을 정도였다.

괘씸한 목격자

집무재 장지문 너머에서 방지련이 고했다.

"어르신, 행수 김꾕표가 뵙기를 청하는데 어찌할까요?"

김꾕표라…… 심열국은 골치가 아프다는 듯 지그시 옆머리를 눌렀다. 한평 대군과 손을 잡은 지 일곱 해가 지났을 무렵, 대군이 본심을 드러냈다. 정기적으로 공급받고 싶은 물목이 있다 하였다. 흰 피부의 소년이었다. 오죽 미동이 고팠으면 치부까지 드러낼까 싶어 심열국은 역겨웠으나 치명적 비밀을 나눔으로써 관계는 한층 견고해질 것이었다. 군대감은 소년들을 '소품'이라 칭하며 안정적으로 공급받게 된 것을 기꺼워했다. 그러나 심열국 입장에선 뒤탈 없는 사내아이를 꾸준히 공급한다는 게 보통일이 아니었기에 어쩔 수 없이 인신매매를 하는 김꾕표와 거래를 텄다. 호기롭게 소품 하나에 천 냥을 부른 김꿩표는 계약이 성사되자 산기슭에 뚝딱 북향 움막을 하나 지었다. 창도 뚫지 않은 이 흙집엔 기묘하게도 방바닥에 문이 하나 나 있었다. 깊이가 열 척이 넘는 땅굴의 유일한 출입구였다. 김꿩표는 남자아이들을 잡아들이는 족족 그 속에 처넣고 석 달마다 한 번씩 표백된 것들을 분리해냈다. 그렇게 떡살에서 떡 찍어내듯 생산된 소품들은 공집사의 심사를 거쳐 한평 대군에게 배달되었다. 심열국은 한시름 놓았으나 인신매매를 국법으로 다스린다는 나라님의 엄명이 내려지자 김꿩표는 민상단의 행수 자리를 달라 청했다. 신분 세탁이 필요했던 것이다. 그렇게 서른두 명 중 마지막 서열이긴 하나 그가 행수 자리를 꿰찬 것이 꼭 일 년 전이었다. 심열국은 묵직해진 제 뒷목을 주무르며 하명하였다.

"들이라."

"아드님에 관한 이야기를 비싼 가격에 사신다고 들었습네다."

깍듯이 절을 올리고 앉는 김꿩표의 입에서 의외의 말이 튀어나오자 심열국은 등골이 서늘해졌다. 순식간에 망건 속으로 진땀이 흘러내렸다. 지독히 불길한 생각이 치솟았다.

"무엇을…… 알고 계신가?"

"이놈, 평생 인간 장사 외길 인생입네다, 아시디요?"

꾀죄죄한 면을 쳐든 김꾕표가 가느다란 턱수염을 매만지며 뜸을 들였다.

"노망이 아닌 다음에야 요 손을 거쳐 간 놈을 착각할 수가 없단 말씀입네다. 일전에 집무재서 뵌 도련님 말씀입네다. 고저 아무리 봐도 똑 그놈이니……."

"뭣이라!"

"평양 어깃골에서 아새끼들 채집하던 시절이었으니까는…… 무술년이었습네다. 고 아새끼를 주웠을 땐 말길도 못 알아먹는 비렁뱅이였음다."

"이름은?"

"지 이름도 모른대서 '모지리'라 불렀습네다. 고저 그때가 단주 어르신께서 아드님을 도둑맞으시기 한 해 전이었단 말입네다. 똑때기 기억합네다. 기해년에 도련님 용모파기가 나붙었을 때 거참 모지리 놈이랑 비슷하다 감탄까지 했었단 말입네다. 고론데 고저 나이가 영 달랐습네다. 내래 인간 분류하는 데 이골이 났단 말입네다. 그때 벌써 모지리 놈 키가 제 어깨만치 왔으니 장담하건대 적어도 열 살은 족히 되었더랬습네다. 여튼 그놈이 달포 만에 낯짝이 싹 뱃겨져서리 재깍 공집사한테 선을 뵈었단 말입네다."

"소품을 말함인가!"

"허연 데다 어리가리허기까지 허니 딱 아닙네까."

심열국은 지끈한 머리를 억지로 쳐들며 물었다.

"증거는?"

"고거이…… 군대감께서 애끼는 소품엔 은밀헌 표식을 하셨습네다. 문신 말입네다. 고저 딴 거 없습네다, 모지리 놈 옷만 벗겨보시믄 대번에…… 어이쿠, 어르신! 어르신!"

심열국이 허공에 손을 휘적대다 말고 옆으로 고꾸라지자 냅다 뛰어 들어온 방지런이 웃전을 부축하였다.

"어르신! 엄의원을 부르겠습니다."

"소란…… 떨지 마. 어질증일 뿐이니."

이미 장사를 파한 저자에 휑한 어둠이 내리고 있었다. 골목 길모퉁이에 숨어든 인회의 눈이 검은 삿갓 아래 맹수마냥 번뜩였다. 의형의 복수를 그르치는 놈은 그게 누구든 결코 살려둘 수 없었다. 하여 심열국과 독대를 마치고 나온 김굉표의 뒤를 바짝 쫓은 것이었다. 인회는 소맷부리에서 잘 별려진 비수를 하나 골라 들었다. 그러곤 주변을 훑으며 단타의 동작으로 홱 치켜들었다. 그 서슬 퍼런 칼날이 멀어져가는 김굉표의 척추를 강타한 건 순식간이었다. 윽! 멀리서 단말마의 비명이 들린 듯도 하였다. 홍랑의 과거를 아는 유일한 목격자는 그렇게 사라졌다.

형벌 같은 입맞춤

"사람을 불렀으면 말을 해. 왜 말을 안 해? 불안하게시
리."

홍랑을 불러 앉혀놓고는 당최 입을 열지 않는 재이였
다. 홍랑이 심드렁하게 따져 물었다.

"뭐가 문제야? 애틋해 죽겠는 오라비가 떠나는 게 싫은
거야? 그 자릴 뺏은 내가 싫은 거야?"

미동 없이 앉아 있던 재이가 툭, 무언가를 내던졌다.

"이게…… 무얼까?"

난데없이 튀어나온 범발톱 노리개를 홍랑은 물끄러미
바라보았다.

"꼭 알아야 하는 건가 보네, 내가?"

재이의 불안한 눈동자가 정체 모를 사내를 쏘아보았다.

절대 모를 수 없는 물건이었다. 그녀는 애꿎은 제 치맛자락을 꽉 비틀어 쥐었다.

"너…… 누구야?"

그 말에 슴벅슴벅 물기가 배어 나왔다. 홍랑은 차분하게 숨을 들이켰다. 지금이 그 순간임을 직감한 때문이었다. 민낯을 드러내야 하는 순간. 촌극에 마침표를 찍을 순간.

"내가…… 누구냐……?"

홍랑이 조용히 되물었다. 글쎄, 누구였을까? 누가 되고 싶은 것이었을까? 차라리 재물을 탐하는 파렴치한으로 끝났으면 하고 그는 바랐다. 암담한 건 아직 더 큰 가면이 남아 있다는 사실이었다. 쓸쓸한 낯빛을 지워내며 홍랑이 짓궂게 웃었다. 찰나 그의 눈알이 탁해졌다. 무릇 야비한 사기꾼은 최후에 이런 얼굴을 할 터였다.

"내가 누구였음 좋겠는데?"

재이의 심장에 번개가 내리꽂혔다. 그녀는 제 눈시울이 뜨거워짐을 느끼고 빠짝 눈에 힘을 주었다. 바닥난 자존감에 대한 반박이었다.

"왜! 최고 행수 자리까지 꿰차고 나니 이제 더는 우길 필요가 없더냐! 이 상단을 곧 통째로 갖게 될 것이니 나 따윈 어찌 되어도 상관없더냐! 또 지껄여봐! 기억을 잃었을 뿐이라고, 아무것도 생각 안 난다고 뻔뻔스럽게 우겨봐! 그럴듯한 말로 날 꾀어보라고, 또!"

"왜 그래야 되는데? 귀찮게."

뻔뻔하게 정체를 밝힌 홍랑이 냉소하며 일어섰다.

"슬슬 지겹더라고. 아우 놀이."

나가려는 홍랑의 옷자락을 재이가 거칠게 채잡았다.

"어머니도 아버지도 다 속였으니 네가 원하는 그 돈! 얼마든지 갈취할 수 있지 않더냐! 한데 굳이 왜 나를 끌어들였어? 왜 제주로 떠나는 날 붙잡았어? 왜 날 함월까지 데려갔어? 왜 그토록 필사적으로 아우 행세를 하였단 말이다! 왜!"

답을 주겠다는 듯, 홍랑이 성큼 다가섰다. 단박에 양팔을 뻗어 재이를 벽 사이에 가두고는 쐐기를 박듯 지껄였다.

"재미로."

생각지 못한 일격에 재이는 숨을 멈췄다. 경악하는 그녀의 목덜미를 다짜고짜 끌어당긴 홍랑이 거칠게 입술을 덮쳤다.

"흐읍!"

"이제 똑똑히 알겠지? 눈앞에 있는 사람, 사내인지 아우인지."

"미친놈!"

"아직 모르겠어?"

형벌처럼 입맞춤은 반복되었다. 입술에, 뺨에, 귓가에, 목덜미에. 지독한 덫에서 헤어 나오려고 재이는 용을 썼

다. 그럴수록 홍랑은 더욱더 포악하게 그녀를 잡아 쥐고 입술 도장을 찍어댔다. 일말의 심술이었다. 약이 오른 것이었다. 쉬이 날려버릴 수 있는 향기라고, 착각했던 것이다. 눈앞에 있는 여인이 미웠다. 그녀가 대체 뭐기에 자신을 이토록 비참하게 만든단 말인가! 재이의 눈빛은 그저 경멸을 담은 예전의 것이 아니었다. 숫제 해괴한 짐승을 보는 눈이었다. 그 뾰족한 눈초리는 예상보다 더 아프게 심장을 찔러댔다. 이제 돌이킬 수 있는 건 아무것도 없었다. 홍랑은 영원한 고통 속으로 철저히 재이를 밀어붙일 뿐이었다.

"살면서 단 한 순간도 재밌었던 적 없었거든. 그래서 그랬어. 재미로. 답이 됐나?"

"더러운 사기꾼!"

"사냥은 죽이는 맛에 하는 게 아냐. 사냥감을 쫓고, 찌르고, 먹을 따는 그 과정을 즐기는 거지. 목덜미를 붙들린 토끼가 눈을 동그랗게 뜨고 아등바등거리는 걸 구경하는 재미라고. 지금 너처럼."

"천하에 몹쓸 놈!"

홍랑을 가까스로 뿌리치며 재이가 옆에 놓여 있던 경대를 집어 던졌다. 쾅장창! 깨진 거울 조각들이 신랄하게 흩어졌다. 눈썹 하나 꿈쩍 않는 홍랑을, 재이는 노려보았다. 한때 빙글빙글 웃음 지었다는 게 도무지 믿기지 않는 살벌한 안광이었다. 재이는 퍼뜩 이해할 수가 없었다. 왜 그

의 눈에 걷잡을 수 없는 증오가 어려 있는지. 저 눈빛은
내 것이어야 하지 않던가. 홍랑이 삐뚜름하게 웃으며 입
을 열었다. 목소리마저 잔인하였다.

"더 재밌는 거 알려줘? 상단에서 제일 속이기 쉬운 게
누구였는지 알아? 너!"

"함부로 지껄이지 마!"

"귀한 외동딸은 개뿔, 천덕꾸러기가 따로 없더라고. 그
런 딸년 죽어 나가도 아비는 눈 하나 깜짝 안 할 것이고,
계모는 기뻐 춤이라도 출 테세니 콩가루 집안이지, 아주."

"네깟 게 대체 무얼 안다고!"

"왜 몰라? 다음 생엔 기껏 어느 초가집에서 막내로 태
어나 귀여움이나 듬뿍 받고 싶은 게 네 진심이잖아. 흙발
로 걷어차여도 그저 좋다고 꼬리치는 똥개랑 다를 게 뭐
야?"

"입 닥쳐!"

"솔직히 말해봐. 네가 진짜 원했던 게 뭐야? 국경을 넘
어 연경에 가는 거? 거기에서 아우를 찾는 거? 웃기지 마.
너 그럴 용기 없어. 넌 그냥 방구석에서 한 자락 온기를
나눌 사람이 필요했던 거야. 사랑받고 사랑할 사람이 절
실했던 거라고. 그러니 누굴 탓해? 네가 하도 관심받고
싶어 하길래 난 준 것뿐인데."

"네놈의 악행을 만천하에 알리고 반드시 죗값을 치르게
할 것이야!"

"그래! 그럼 난 꿈틀대는 지렁이에 소금이나 뿌리면서 기다리지 뭐. 그 꽁생원 말야. 네 가짜 오라비. 기대 마. 그놈과 나, 둘 다 사는 법은 없으니까. 한쪽이 죽어야 끝나는 개싸움이라고, 이거."

"오라비를 건드리면 내 널 가만두지 않을 것이야!"

"감히 내가 어디까지 잔혹해질 수 있는지 시험할 생각 마. 네가 짐작할 수 없다는 건 확실하니까."

당장이라도 재이의 목을 내리칠 듯이, 시꺼먼 홍랑의 눈알이 그녀를 찍어 눌렀다. 그러곤 써늘하게 뒤돌아섰다. 그리고 한 발짝, 두 발짝…… 거울의 파편들을 그대로 지르밟으며 걸음을 뗐다. 핏빛 발자국은 금세 장지문 뒤로 사라졌다.

돌연 방 안 가득 침묵이 들어찼다. 홍랑과 한 피로 이어지지 않았단 증거가 참으로 잔인하여 재이는 몸서리쳤다. 처음 제 직관을 믿었어야 했다. 돌이켜 보면 흔들릴 일이 아니었다. 그 흉흉한 눈초리는 분명 아우의 것이 아니었다. 도대체 무엇이 가슴속 빗장을 뽑아내었는가? 분했다. 마음을 기울이고 애달파하던 것이 억울했다. 걷잡을 수 없는 분노를 견디던 그녀는 설핏 경악했다. 격분한 머리와는 정반대로 반응한 심장 때문이었다. 이건 분명 안도감이었다. 홍랑이 피붙이가 아니라서 다행이라는. 그럴 리가. 그럴…… 리가! 참담한 생각에 진저리가 쳐졌다. 심장이 속절없이 날뛰었다.

홍랑의 버선이 점차 핏빛으로 물들어갔다. 제 간사한 영혼에게 벌을 주고 싶었다. 재이를 욕보인 건 자신인데 비참함도 제 몫이었다. 어금니를 사리문 채 홍랑은 자문했다. 어찌하여 한낱 놀이가 그녀를 베는 것이 되었을까. 결국 자신을 베는 일이 되었을까…… 저는 그저 여인이 뿜어대는 봄빛에 속수무책 이끌렸을 뿐이다. 제게도 봄이 온다는 것을 몰랐을 뿐이다. 변한 건 그 무엇도 없다. 심열국을 죽이고 자신을 죽인다. 그뿐이다. 재차 다짐하였건만 이 순간만큼은 알량한 죄책감이 복수심을 이겨먹었다. 그리고 모순적인 감정이 솟구쳤다. 이를테면 홀로 남은 재이를 달래주고 싶다는.

일순간 그의 목에 메스꺼운 묵향이 감겨들었다. 아니나 다를까 무진이었다.

"크크크큭. 범발톱 노리개를 모른다? 을분 어멈을 족쳐서라도 그것만은 숙지하였어야 했거늘. 쯧쯧. 하긴 그 존재조차 몰랐으니 어찌 물을 수 있었을까."

"짐이나 싸. 대마도까진 갈 길이 멀고도 험할 텐데."

"곧! 네놈의 그 뻔뻔한 가면을 벗겨낼 것이다. 송월이 한양에 당도한 건 아느냐?"

놈의 입에서 뜻밖의 이름이 튀어나오자 홍랑이 멈칫했다. 어쩌자고 송월은 여기 온 것인가!

"궁금하구나. 송월을 잡아 족치면 뭐라 실토할지? 팔자 한번 뒤집는 게 참으로 쉽지 않구나, 그렇지 않더냐?"

"그래, 쫓겨날 날도 며칠 안 남았으니 열심히 용써봐."

"내 끝내 대마도로 간다 하여도 홀로는 아니 간다. 내 상단에서 쫓겨나면 재이와 혼인한다 하여 이상할 게 무엇이냐?"

홍랑이 와락 무진의 멱살을 채잡아 담벼락으로 밀어붙였다.

"건드리지 마, 이 집안의 그 어떤 것도!"

담담하게 안경을 고쳐 쓰는 무진의 입가에 빙긋한 미소가 떠올랐다. 드디어 제가 이 사기꾼의 기분을 상하게 한 모양이었다.

"네놈은 재이가 친누이라 끝까지 우겨라. 혼인은 생판 남인 내가 할 터이니."

"감히 내 것에 손대면, 죽는다."

"누이의 낭군이니 이제 형님이 아니더냐? 형님께 멱살잡이라니 쯧쯧쯧. 역시 천한 것들은 어쩔 수가 없는 모양이지."

홍랑의 손아귀를 힘겹게 뿌리친 무진이 다시금 구겨진 옷깃을 바르게 폈다.

"우리가 떠나면 그토록 원하던 네 세상일 터. 돈왕 행세나 실컷 해대면서 그 많은 재물을 죄 껴안고 한평생 잘 뒹굴어보아."

무진이 의기양양하게 중문을 넘어 나오자 대기하고 있던 부영이 모습을 드러냈다.

"저놈이 오늘 밤 송월을 보러 나설 것이다. 기횐 그때뿐
이야. 자백을 받아야 하니 필시 생포해야 함을 명심하여
라."

"예."

죽일 순 없었다. 이대로 죽어 없어지면 그는 진짜 홍랑
이 되어버릴 테니.

박하향

홍랑은 도성에서 가장 큰 여각에서도 가장 큰 방으로 한달음에 뛰어 들어갔다.

"객주! 심열국이 얼마나 잔인한 인간인지 몰라서 여기까지 왔어? 위험하니까 빨리 평양으로 돌아가, 빨리!"

송월이 뭉게구름 같은 치맛자락을 갈무리하며 웃었다.

"일단 앉아라. 너만큼은 아니지만 지금 거느린 아이들도 꽤 쓸 만하니 걱정 말고."

그녀가 건넨 잔도 마다하고 홍랑은 술을 병째로 벌컥벌컥 들이켰다.

"심열국에게 복수를 한다더니 어찌 애꿎은 데 마음을 뺏긴 것이냐?"

"빌어먹을. 어디까지 꿰뚫어 볼 건데?"

"독주에 되레 정신이 맑아지니 다른 이유가 또 있을까."

취기가 오른 홍랑의 눈두덩에 아릿하게 옛일이 되살아났다.

한평 대군의 사랑채에 처음 들던 날, 신묘는 극심한 통증에 실신하여 기억 자체를 잃었다. 내리 열흘을 앓아누웠다. 대단한 보양식을 먹고 귀한 약재를 마셨으나 몸뚱어리를 추스르면 다시 사랑채에 들어야 했기에 영원히 앓길 바라고 또 바랐다. 기해년 봄, 신묘는 담을 넘어 도망쳤으나 바로 잡혀와 두 발목의 힘줄로 그 값을 치렀다. 대군이 아끼는 소품이라 달리 흠을 낼 수 없었던 모양이었다. 일 년간 앉은뱅이 생활을 하고도 사 년의 세월을 더 보내던 어느 날, 새 소품이 들어왔다. 모처럼 대군의 눈에 쏙 든 그가 본의 아니게 신묘를 살렸다. 그러나 같은 방을 쓰는 그 아이 역시 곧 도망쳤다 잡혀와 혀를 잘렸다. 신묘는 매일 밤 잡혀오는 악몽을 꾸었다. 깨어나면 시름시름 앓는 새 소품이 말도 못 하는 채로 제 팔을 붙잡고 늘어졌다. 그럴 때마다 신묘는 한평 대군이라는 괴수의 아가리에 꾸역꾸역 먹이를 처넣는 심열국을 저주했다. 대군보다 끔찍한 것이 바로 그의 광기에 기름을 붓고, 불을 붙이고, 부지런히 풀무질을 하는 심열국이었다. 대군의 관심이 멀어진 소품들은 즉각 폐기되었다. 그것이 사랑채 뒤편, 대나무밭에 생매장되는 것이란 걸 신묘는 제 차례가 되어서야 알았다. 흙구덩이에서 몸부림치다 기절한 후 다시 눈을 떴을 때 어떤 여인이 저를 내려다보고 있었다. 송월이었다.

마치 그때처럼, 홍랑은 맞은편에 앉은 여인을 곧게 응시했다. 송월이 한평 대군의 가병을 매수하여 저를 거둔 건 분명, 대신 손에 피를 묻힐 칼잡이가 필요해서였다. 하나 홍랑은 그게 고마웠다. 그녀 덕분에 제 쓸모를 깨달았고 그렇게 복수를 꿈꾸기 시작했다. 발목 인대가 잘렸던 탓에 하체에 힘이 들어가지 않아 칼은 쓸 수 없었다. 피나는 노력으로 비수 같은 작은 암기를 부리고 실행을 나간 끝에 그는 칠점사로 거듭났다. 하나 이젠 끝이 다가옴을 홍랑 자신도 느끼고 있었다. 그는 가슴팍에서 박하 향낭을 꺼내 송월에게 내밀었다. 암살자가 되었음에도 피 냄새 탓에 잠 못 드는 그에게 송월이 준 것이었다.

"작별 인사를 이리 하는 것이냐?"

무심히 일어서는 홍랑에게 송월이 물었으나 홍랑은 큰절 한 번으로 마지막 인사를 대신할 뿐이었다. 죽음은 두렵지 않다. 하나 이 흰 향낭에 피를 묻히는 것만은 두렵다. 그 속내를 차마 입 밖으로 꺼내진 못한 채, 그는 뒤돌아섰다.

생과 사의 경계에서

　몽롱한 밤낮이 수없이 바뀌었다. 며칠이 갔는지도 알 수 없었다. 술에 취해 암흑 속을 방황하던 홍랑은 문득 주변을 살피며 실소했다. 이젠 금표가 둘러져 들어갈 수도 없는 한평 대군의 별서 앞이었다.

　한평의 숨통을 끊어놓던 밤. 홍랑이 그의 사랑채에 들었을 때 예상한 상황이 펼쳐져 있었다. 며칠 밤을 지새워 정신마저 흐릿한 대군 앞에 초죽음 상태인 소품 하나가 묶인 풍경이었다. 도망친 벌로 혀가 잘린, 바로 그 아이였다. 홍랑에겐 마구잡이로 칼질을 해대고픈 욕망을 억누르는 게 고역이었다. 대군이 암살당하면 심열국 또한 태세를 갖출 터라 이 죽음은 반드시 자연사로 위장되어야만 했다. 다른 소품들까지 구출하려면 소란도 일으켜선 아니

되었다. 결국 홍랑은 대군의 정수리에 가느다란 장침을 하나 꽂아 넣는 것으로 일을 마쳤다. 금수에겐 실로 과분한 죽음이었다. 하나 곧바로 찾아간 소품들의 숙소는 텅비어 있었다. 대단한 거름을 주었는지 대나무밭만 몽땅 갈린 채였다. 결국 그날 홍랑이 구한 소품은 단 한 명, 인회뿐이었다.

차게 퍼지는 대나무 향기가 또다시 옛 기억을 헤집었다. 순간, 홍랑의 눈빛이 가늘어졌다. 나무 하나가 묘하게 심기를 건드리는 까닭이었다. 바람에도 홀로 흔들리지 않는. 파사사삭! 하늘에서 불길한 그림자가 쏟아져 내린 건 찰나였다. 새카맣게 내려앉은 괴한들은 가볍게 땅을 짓치며 포위망을 좁혀왔다. 얼핏 예닐곱 명은 되어 보였다. 살기를 감지하지 못했다는 자책도 잠시, 사납게 침을 뱉어낸 홍랑은 씨익 웃었다. 죽음의 기회는 항시 반가웠다. 이참에 실컷 피를 보리라. 그러나 홍랑이 소매 안의 비수를 쥐었을 땐 이미 턱 밑에 칼날이 들어온 뒤였다. 일곱 자는 너끈히 되어 보이는 장검이었다.

"무기를 버려."

"쳇, 고작 일곱이라. 샌님 소갈머리 하곤."

흉흉한 기세였으나 붉은 복면을 쓴 놈의 칼 겨눔으로 보아 죽이지 말라 명받은 것이 틀림없었다. 홍랑은 기가 막혔다. 최대한 처참히 죽이라 해도 모자랄 판에 말뚝이 놈은 생포를 명했다. 저를 사람들 앞에 무릎 꿇려 죄를 실

168

토하는 모습을 만들어내고 싶었으리라. 끝까지 양반놀음
이었다. 홍랑은 순순히 그리고 천천히 비수를 내려놓는
척하면서 우지끈, 붉은 복면의 발등을 찍어 눌렀다.

"끄아아악!"

비명에 놀란 밤새들이 일제히 푸드덕 날아올랐다. 발에
치명상을 입은 붉은 복면이 중심을 잃고 휘청대는 순간
홍랑은 최대한 몸을 물렸다. 그때였다.

"흐억!"

희끗하게 공중제비를 돌아 들어온 두 개의 검이 홍랑의
옆구리와 허벅지를 베어냈다. 홍랑이 뱅그르르 몸을 돌려
빠져나오기가 무섭게 또 하나의 서슬이 그의 어깨를 그
었다. 검들은 얕았으나 홍랑이 직접 대적하기엔 역부족이
었다. 민첩하게 거리를 벌려 비수를 날릴 순간을 포착해
야 했다. 그의 지략을 간파한 살수들이 점점 압박을 가해
왔다. 죽자사자 달려드는 걸 보니 샌님 딴엔 꽤 돈을 들
인 모양이었다. 점잖은 오라비로 위장한 채 재이에게 눈
독을 들이던 위선자가 떠올라 역겨움이 솟구쳤다. 제 신
체 곳곳에서 울컥 피가 터져 나온 줄도 모르고 홍랑은 분
풀이를 하듯, 홱 두 손을 내뻗었다. 네 개의 시린 섬광들
은 괴한들의 신체에 정확히 박혀들었다. 일곱이었던 그림
자가 다섯으로, 또 셋으로 줄어든 것을 확인한 순간 번쩍,
홍랑의 코앞에 육중한 검이 짓쳐들었다. 챙! 마지막 비수
를 던져 서슬을 쳐낸 홍랑이 대차게 나동그라졌다. 턱선

을 타고 뚝뚝 흘러내린 핏방울이 빠르게 가슴팍을 적셨다. 그가 멈칫하자 더 이상 암기가 없는 것을 눈치챈 세명의 살수들이 이른 승리를 자축하며 서로 눈빛을 교환했다. 숨만 간당하게 붙여놓으면 될 일, 급소와 대혈관만 피해 베고 찌르겠단 심산이었다. 그중 한 명이 검을 두 손으로 고쳐 들며 홱 치켜올렸다. 칼날에 번쩍 달빛이 스민 찰라, 피잉! 피잉! 콰과광! 대나무 숲 곳곳에 화살이 날아들었다. 화살촉은 살수들의 목을 정확히 꿰뚫었다. 놀란 홍랑의 얼굴에 확, 피가 번졌다. 붉은 복면의 피보라였다. 세상이 갑자기 고요해졌다.

갈앉는 댓잎을 걷어내며 허겁지겁 다가온 것은 맥궁을 든 인회였다. 자객들이 모두 축축한 핏덩이가 되었음을 확인한 후에야 그는 의형의 상처를 살폈다. 그러나 홍랑은 그 손을 쳐내며 힘겹게 일어설 뿐이었다. 생과 사의 경계에서도 더러운 기분이 떨쳐지질 않았다. 또 살아남은 불쾌감일지도 몰랐다.

"너마저 날 무시해! 그따위 말을 내 믿을 성싶으냐?"

무진이 와락 집어던진 벼루가 부영의 이마를 때리곤 방바닥으로 곤두박질쳤다. 두 개의 핏줄기가 잔주름을 타고 눈알로 스며들었으나 면목이 없어 고개만 숙인 수행원이었다.

"사실입니다. 도련님."

"지금 자객 일곱을 그놈 혼자서 해치웠다 말하는 게냐! 그러하냐?"

"어찌 제가 거짓을 고하겠습니까. 해월루 최고 살인검 이라는 게 허명이 아니었습니다."

"네…… 결국 아버님의 사람이었더냐?"

부영의 벌건 눈이 휘둥그레지며 결백을 외쳐댔다.

"도련님! 어찌 그런 말씀을…….."

"너도 아버님과 한통속이렷다, 그렇지? 다들 날 이 집 에서 못 쫓아내 안달이 난 게야, 아니 그러하냐!"

"도련님!"

무진을 장장 십 년간 모신 부영이었다. 참한 인격의 주 인은 늘 점잖았다. 상단에선 끝내 인정받지 못했으나 고 고한 학처럼 약자가 되어도 결코 잃지 않는 품위가 있었 다. 속일 수 없는 것이 진짜 양반의 핏줄이구나, 매 순간 체감한 부영이었다. 한데 진정 처음 보는 표정이었다. 평 정심을 잃고 한순간에 처절하게 무너져 내린, 흉한 몰골 이었다. 중년의 수행원은 찢어진 제 이마 때문이 아니라 찢어진 상전의 마음 때문에 코끝이 찡했다. 눈앞의 청년 은 남을 죽이겠단 앙심 따윈 없었다. 살려는 본능뿐이었 다. 그저 제집에 붙어 있겠다 발악을 하는 것이었다.

사악한 장난

하루는 엿가락처럼 늘어졌다. 무른 가을 햇볕이 요암재에 긴 그림자를 드리웠다. 심란한 마음에 재이는 지붕에 누워 하늘만 휘젓고 있었다. 바로 그때, 저벅저벅 마당으로 들어선 건 사냥당한 짐승처럼 피 칠갑을 한 홍랑이었다. 재이는 발딱 튀어 오른 제 몸을 가까스로 주저앉혔다. 저 사악한 놈이 죽든 말든 상관없다고 머릿속으로 온갖 모진 말을 뇌까렸으나 뻥 뚫린 가슴에 다시금 균열이 갔다. 철저히 외면하고 싶었으나 어림도 없었다. 이미 재이의 발은 마당을 딛고 있었다.

홍랑은 그새 툇마루에 드러누운 참이었다. 근원을 알 수 없는 핏방울이 휘늘어진 손을 타고 바닥으로 점점이 떨어져 내렸다. 핏빛 석양 때문인가. 나른하게 눈을 감은

172

사내의 모습이 혼은 날아가고 껍데기만 남은 듯하여 재이는 덜컥 겁이 났다. 갑작스레 벌어진 일에 앙다문 재이의 턱이 미미하게 떨렸다.

"의원을…… 부른 게지, 그렇지?"

꾹 닫힌 사내의 입은 열리질 않았다. 여인의 목구멍으로 마른 숨이 넘어갔다.

"대답해. 대답하라고!"

재이는 다급한 마음에 홍랑의 어깨를 격세게 쥐고 흔들었으나 기우뚱대는 덩치는 흡사 시체 같았다. 돌연 눈앞이 뿌예졌다. 후드득 눈물이 떨어졌다.

"이리 죽으면 가만두지 않을 것이야."

재이는 급히 핏물로 얼룩진 홍랑의 옷 매듭을 풀어 젖혔다. 맨가슴이 드러나자 그녀는 조심스레 숨을 들이켜곤 제 귀를 가져다 댔다. 정상의 범위를 한참 벗어나 아예 타는 듯한 체온이 뺨을 타고 전해졌다. 두근두근…… 두근두근…… 기묘했다. 완전히 멈춘 듯 보였던 홍랑의 심장이 이상하리만치 거세게 폭주하였다.

살기뿐인 제 심장에 눈꽃처럼 시원한 피부가 와 닿은 순간, 홍랑의 목울대가 크게 울렁였다. 끈덕한 피를 뒤집어쓰고서야 겨우 정신을 차린 스스로가 더없이 혐오스러운 참이었다. 한데 그런 자신을 구하려는 재이의 열렬한 몸부림이 한 점 파문을 일으켰다. 일생 아무도 저를 위해 울어주지 않았기에, 누구도 제 목숨에 가슴 졸이지 않았

173

기에 여인의 초조함이 심장을 단박에 함락시켰다. 이 실체 없는 온기에 목을 매면 비참해질 걸 뻔히 알면서도, 순간 말캉하게 숨통을 조이는 여인의 무게감에 홍랑은 전율했다. 그러곤 저도 모르게 늘어져 있던 두 팔을 올려 품에 들어온 작은 얼굴을 끌어안았다. 불가항력이었다. 주저하던 손끝은 감귤 빛으로 물든 여인의 머릿결을 감미롭게 쓸어내렸다. 코끝에 청량한 찔레향이 묻어났다. 재이가 별안간 눈을 홉떴다. 천천히 상체를 일으켜 멍하니 사내를 쳐다본 여인이 귀신이라도 본 듯 소스라치게 놀라 뒷걸음질 쳤다. 그제야 홍랑은 왼팔로 제 머리를 괴어 받치며 건방지게 모로 누웠다.

"좀 웃지? 지금 무지 못생겼는데?"

"……!"

"여튼 재밌다니까! 닭똥 같은 눈물까지 뚝뚝 흘리니 누가 보면 진짜 누이인 줄 알겠네."

"……!"

"가만 안 둔다더니 막상 나 죽으면 슬플 것 같지? 쯧쯧쯧. 딱해서 어째. 그게 다 외로워서라니까? 아무리 없이 살아도 제 목 따러 온 망나니한테까지 정을 주는 건 좀 아니지. 하여튼 병이야, 병. 몹쓸 병."

재이가 푸스스 몸을 떨었다. 악귀가 제 심장을 손에 쥐고 조물조물 갖고 노는 듯했다. 허깨비한테 또다시 놀아났다는 한심함에 참을 수 없는 불쾌감이 솟구쳤다.

"대체 날…… 얼마나 더 곤
혹스럽게 할 것이냐? 얼마나 더
해야 속이 후련하겠느냐!"

눈물을 보이지 않으려고 재이는 제 혀를 짓씹었다. 더
이상 부서지고 깨질 여력도 없건만, 풍랑에 휩쓸리는 수
초처럼 심장이 또다시 갈피를 잡지 못하고 철썩대었다.

"이게 다 무엇이냐! 무슨 말도 안 되는 헛소리냐!"

심열국의 호령에 두 명의 행수가 다급하게 머리를 조아
렸다. 그들 앞엔 개성, 제물포, 광주, 동래 등 사방에서 빗
발친 서찰들이 너저분하게 널려 있었다. 하나같이 민상단
의 어음은 물론이고 민상단에서 찍어낸 금괴와 은괴도 일
절 거절한다는 내용이었다. 또 한 다발의 서찰 뭉치를 펼
치며 심열국이 주먹으로 서안을 내리쩍었다.

"이건 또 무엇이야!"

"이것은 백자 주문을 무기한 보류하겠다는 것이고 또
이것은 작품을 구입한 김역관이 가품으로 의심된다며 매
매를 물리겠다는……."

"어찌, 어찌, 어찌! 누구 마음대로 그따위 통보들을 한
단 말이냐! 가서 전해, 위조의 증좌를 가져오라고! 증좌
가 없다면 내가 그들을 겁박죄로 관아에 고발할 것이라
고! 감히 누가 이 심열국을 상대로 그런 헛소문을 퍼뜨리
고 다닌단 말이냐! 이 망할 것들을 붙잡으면 내 결단코

아작을 내어 만천하에 본을 보일 것이다!"

고개를 조아리며 두 명의 행수가 잽싸게 꽁지를 내빼자 곧바로 방지련이 들었다.

"명하신 대로 공집사를 은밀히 만나 확인하였는데 그것이…… 홍랑이 맞는 것 같답니다."

"한낱 소품이 어찌 도망쳤다는 것이야! 어찌!"

심단주의 주먹이 마른벼락처럼 서안을 때렸다. 절대 일어나지 말아야 할 일이 일어나고야 말았다. 어쩌면 저자의 헛소문보다도 소품이라는 비밀이 민상단에겐 백배 천배 더 위험할지도 몰랐다. 인신매매를 국법으로 엄히 금하는 현시점에서 한평 대군까지 죽고 없으니 이 일이 새어 나갔다간 본보기로 화를 당할 것이 분명했다. 살아서 버젓이 돌아다니는 소품이라니! 심열국은 갑자기 극심한 두통을 느꼈다. 도대체 몇 개의 소품이 세상에 누락된 것인가!

"일전에 군대감께 아라사의 패분 안료를 진상한 일, 기억하시는지요?"

"그게 어쨌다는 게야!"

"김핑표의 말이 맞았습니다. 군대감께서 그것을 이용해 소품에 문신을 새기셨다는 말을, 공집사도 들은 적이 있다 합니다. 패분 안료로 뜬 문신은 절대 지워지지 않으니 홍랑이 소품이었다면 그의 몸에 분명 표식이 남아 있을 것이라 하더이다."

"홍랑, 아니 그 소품을 데려와, 당장! 내 직접 확인할 것
이다."

편
가
르
기

어둠을 틈 다 주인 없는 요암재에 들어온 홍랑은 홀로 툇마루에 걸터앉았다. 무기만 다루던 투박한 손이 야드르르한 살굿빛 댕기를 어루만졌다. 금박을 물리고 안감에 이름까지 수놓은 사치품은 과연 생일 선물다웠다. 재이의 홀보들한 머릿결을 떠올리며 천 오라기를 길게 쓸어내린 홍랑은 괜스레 댕기에 코를 박고 향을 들이켰다. 어떠한 체취가 느껴질 리 없건만 새 비단의 향이 왜인지 벅찬 현기증을 선사했다. 이것만 몰래 놓아두고 요암재를 나올 작정이었으나 제 핏빛 가슴을 지그시 압박하던 몸결과 숨결이 잊히질 않아서 홍랑은 자꾸 당치않은 낭만에 젖어들었다. 잠시라도 좋으니 그녀의 얼굴을 보고 싶었다. 고즈넉한 요암재에 분분한 꽃비가 흩날렸다. 황홀감에 절로

감긴 사내의 두 눈이 부드러운 실바람에
파르르 떨렸다. 감상에 젖는 것은 딱 질
색이건만 이 순간만큼은 싫지 않았다.
싫지…… 않다라? 멍하니 넋을 놓고 있던
홍랑이 댓돌을 박차며 발딱 일어섰다. 동시에 손에 감겨
있던 댕기를 뱀 떨쳐내듯 진저리치며 패대기쳤다.

"빌어먹을! 빌어먹을!"

재이의 마음을 철저히 부서뜨릴 땐 언제고 이제와 다시
보상하겠다 하는가? 미쳤다, 미쳤어…… 홍랑은 제 눈알
을 숫제 파낼 듯이, 엄지와 검지로 꾹꾹 찍어 눌렀다. 이
젠 그녀에게 원수 말곤 그 무엇도 될 수 없는 자신을 인
정해야만 했다. 어서 이곳을 나가자!

홍랑이 급히 발을 떼었을 때 막 요암재로 들어선 것은
예상치 못한 인물, 무진이었다. 알딸딸하게 술에 취한 재
이를 업은 채였다. 그녀의 두 팔은 오라비의 목을 꽉 끌어
안았고, 공중에 뜬 다리는 철없게 휘적댔다. 앙다문 입에
선 재차 웃음이 삐져나왔다. 그런 누이를 무진은 댓돌 아
래 사뿐히 내려놓았다.

"자, 다 왔다."

취한 재이가 두 팔을 번쩍 들더니 다짜고짜 무진을 끌
어안았다.

"생일에 귀한 술들을 잔뜩 맛보니 아주 행복해서 눈물
이 다 날 지경입니다."

헛숨을 들이켜며 무진은 얼어붙었으나 곧 재이의 등을 손으로 쓸어내리듯 마주 안았다. 알싸한 황홀감이 덮쳐왔으나 금세 불안이 덧씌워졌다. 한 폭의 그림같이 몸을 포갠 남녀를 보며 홍랑이 요란하게 침을 뱉어냈다. 오라비란 작자의 눈빛이 음흉하여 속이 뒤틀렸다.

"칵, 퉤!"

"어, 어찌 네놈이……! 외간 놈이 감히 여기가 어디라고 숨어들었더냐!"

"외간 놈? 누이 엉덩이를 끈적하게 더듬는 게 그쪽도 가족은 아닌데 뭘."

"더러운 입 닥쳐!"

"정곡을 찔려서 불쾌하신 모양이야?"

"마님을 믿고 뻗대려거든 광명재 안에 틀어박혀 있을 것이지, 어찌 요암재에 얼쩡대느냐! 근본 없는 짓거리가 도를 넘었구나!"

"오라버니, 저 괴상한 놈 좀 치워주세요. 상종도 하기 싫으니."

"그래. 수틀리면 바로 칼부림이나 하는 천한 놈과 우리가 말을 섞을 이유가 무엇이냐?"

그새 한편을 먹은 오누이를 향한 홍랑의 눈초리가 사납게 일그러졌다.

"진짜 무서운 건 저쪽이야. 내 목 따오라고 살수를 보낼 때 언제고 그새 다정한 오라비 행세라?"

술에 젖었던 재이의 얼굴이 설마 하는 표정으로 오라비를 향했다. 무진이 괜스레 안경을 고쳐 썼다.

"허튼소리! 만약 그랬다면 칼질이 업이던 네놈이 날 가만두었겠느냐!"

"그럼, 가만둘 거야. 하나뿐인 오라비를 잃으면 누이가 슬퍼할 테니."

"누이라 부르지 마! 소름 끼치니까!"

재이의 악다구니에 흐뭇해진 무진은 그녀의 오른팔을 감아 잡았다. 마치 재이와 자신은 한편이라고 과시라도 하듯이.

"누이야, 들어가자꾸나."

"아니, 들어가지 마."

홍랑이 재이의 왼손을 낚아챘다. 그 억짓손을 떨쳐내려고 재이는 그의 손등을 앙칼지게 물어뜯었다.

"놔! 상스러운 네놈의 장난질에 또 놀아날 줄 아느냐!"

잇자국이 난 제 손등을 보며 홍랑이 배릿하게 웃었다. 그때, 불쑥 방지련이 들어왔다. 대동한 가병을 보곤 세 사람 모두 필시 큰일이 터졌음을 짐작하였다.

"어르신께서 들라 하십니다."

요암재의 주인이 아닌, 홍랑에게 명이 갔다. 뒤이어 가병이 우악스레 홍랑의 팔을 잡아챘다. 심상찮음을 느낀 재이와 무진도 뒤를 따랐다.

슬픈 천형

"한평 대군을 모셨으렷다!"

홍랑을 보자마자 자리를 박차고 일어나며 심열국이 소리쳤다.

"대군? 흥, 그런 대단한 분을 내 무슨 수로? 비단 두른 미친개라면 또 모를까."

"저…… 저것이!"

홍랑의 입에서 거침없는 말이 터져 나오자 집무재에 사나운 침묵이 흘렀다. 풀썩 주저앉은 심열국이 관자놀이를 꾸욱 짚었다. 재이의 고개는 쌔무룩이 수그러들었다. 복수였다! 제 아비에 대한 앙갚음이었다! 그렇다 할지라도 가혹했다. 천한 신분의 사람들은 곧잘 사고 팔렸다. 혹여 제 아비에게 원망이 있었더라도 그것이 딸자식까지 얽어 복수할 일이란 말인가. 더더군다나 단 한 번도 살가운 적 없던 아비였으니 그 피를 이은 대가치곤 너무 혹독했다. 무거운 정적을 깬 것은 의외의 웃음소리였다.

"크크크큭. 기껏…… 색동이었더냐, 네 정체가!"

무진은 희열을 느꼈다. 앓던 이를 잡아 뺀 것마냥 개운해졌다. 이토록 비루한 놈인 줄 진즉 알았다면 그리 속을 끓이진 않았을 터였다.

"미개한 것이 하늘 같은 왕족의 은혜를 입었으면 황송하게 여길 것이지 앙심을 품고 누구 행셀 해! 그러고도 살길 원하느냐! 이제 네놈은 아버님과 상단을 기만한 죄로 의금부에서 치도곤을 당하게 될 것이다!"

"요란스레 판을 한번 벌여보시겠다? 상단 주인인 내가 그리 놔두긴 한대?"

애써 기력을 추스르던 심열국이 놀라 상체를 곧추세웠다.

"무슨 소리냐! 설마……!"

"그토록 사양을 했건만 민씨 부인이 당신 재산을 몽땅 내게 안기시더이다."

심열국이 서안 모퉁이를 깨부술 듯 잡아챘다. 그것을 손에 쥐려고 평생 안사람에게 얼마나 충성을 다하였던가! 아비의 낯빛을 살핀 무진이 대신 나섰다.

"착각 마! 그깟 종잇조각을 쥐었다 하여 행수들이 널 따를 성싶으냐?"

"쯧쯧쯧…… 상단이 탐나서 내가 여기 있는 줄 알아? 깡그리 싹 밟아버릴 거란 생각은 안 들고?"

"누구 마음대로!"

무진이 다짜고짜 홍랑의 목을 틀어쥐었다. 그 목구멍에서 쉰 소리가 삐져나왔다.

"더 이상 위조품 따위를 만드는 민상단과 거래할 미친 놈은 없어. 곧 상단 어음은 불쏘시개가 되고 금괴는 돌멩이가 될 거라고. 죽여! 컥…… 안 그래도 망할 상단, 주인까지 없어지면 사방천지 개떼들이 좋다고 달려들겠네. 컥…… 그런 꼴을 보고 싶거든, 죽여!"

"네놈이더냐! 괴소문을 퍼뜨린 것이!"

뒤엉킨 무진과 홍랑을 방지련이 간신히 떼어놓았을 때, 심열국의 묵직한 명이 떨어졌다.

"저놈의 의복을 벗겨라."

휑뎅그렁한 재이의 눈빛이 어찌 된 영문인지 묻자 방지련이 답하였다.

"군대감께서 소품에 표식을 하셨다 합니다."

재이가 그 괴상한 단어들을 곱씹었다. 색동, 소품 그리고 표식.

"어서 벗기지 않고 무엇 해!"

상전이 소리치자 방지련이 홍랑의 어깨를 틀어쥐었다. 그 거슬거슬한 손을 뿌리치며 홍랑이 재이를 바라보았다.

"넌 나가. 잘난 네 아비가 결국 끝장을 보겠다 하니."

"감히 누굴 나가라 마라냐! 홍, 꼴에 재이에겐 끝까지 사내이고 싶더냐!"

무진의 조롱에 홍랑의 눈빛이 섬뜩하게 돌변했다.

"제 아비가 더 이상 사람으로 보이지 않을 것이니 하는 말이다!"

"당장 벗기라 하였다!"

"더러운 손 치워! 내가 할 것이다."

스스로 벽을 보고 홍랑은 돌아섰다. 저고리 옷고름을 부여잡은 손이 제멋대로 떨려와 잠시 흰 벽을 응시한 그였다. 언젠간 이런 순간을 맞닥뜨리리라 예상하였다. 머지않았음도 짐작하였다. 한데 이토록 치욕적인 방법으로, 절대로 보이고 싶지 않은 단 한 사람에게 끝내 치부를 드러내야 하는 현실에 속이 뒤틀렸다. 따가운 숨을 집어삼키며 홍랑은 저고리를 뒤로 젖혔다. 그리고 느슨해진 소매에서 천천히 팔을 빼내었다. 길게 드리워진 머리칼이 한쪽으로 쏠리며 너른 등이 드러난 순간, 두꺼운 얼음이 쫙 갈라지듯 모두가 경악했다. 춘화도였다.

공들여 무두질한 가죽처럼 뻔들거리는 등. 그 위에 펼쳐진 것은 고요한 산중에서 부둥켜안은 남녀였다. 문신화라니! 한평 대군이 괴짜임은 알았으나 이리 해괴한 짓거리까지 해대었을 줄 감히 상상치 못하였다. 심열국은 기가 막혀 말을 잊었으나 눈알만은 당황으로 붉어졌다. 풍경에 파묻혀 작게 그려진 인물이건만 몽롱한 이목구비에서 남녀의 재촉과 애원이 오롯이 느껴진 때문이었다. 화폭의 섬세한 근육이 잘게 떨릴 때마다 얽히고설킨 작품 속 연인이 격정적으로 흐늘대는 착시마저 일었다. 유려한 필선과 생생한 묘사가 나무랄 데 없는 세밀화였다. 스산한 겨울 산의 공허함과 절정을 향해 치닫는 남녀의 충만함이 관능적으로 어우러진 걸작 중 걸작이며 세기의 역작이었다. 품격을 높인 건 지금 막 그려낸 듯 생생한 패분 안료였다. 하나 아무도 그토록 쩅한 색감을 위해 살갗을 찌르고, 안료를 주입하였단 생각엔 이르지 못하였다. 심열국이 쉰 목소리로 하명하였다.

"다들 똑똑히 들어. 내 직접 나서기 전까지 이 일은 일절 함구해라. 재산증서를 회수하고 이 사태를 수습할 동안 홍랑은 수장고에 넣어 보관할 것이다."

"수장고라니요!"

재이가 소스라치며 비명을 내질렀으나 심열국은 아랑곳 않고 말을 이었다.

"지런! 상단의 그 누구도 눈치채지 못하도록 각별히 주의해야 할 것이야, 알았느냐?"

"예. 한데 마님께는 어찌……."

"의주 분전에 일이 생겨 홍랑을 보냈다고 적당히 일러둬."

놀란 무진이 서안 앞으로 다급히 옮겨갔다.

"아니 됩니다, 아버님! 아버님과 민상단을 속인 놈입니다! 홍랑을 사칭한 놈이란 말입니다! 당장 형조에 넘기십

시오! 저것이 사기꾼임을 밝히시는 것이 순서입니다! 민상단을 기만하면 어찌 되는지 만천하에 똑똑히 본을 보이셔야 합니다!"

"수장고에 넣으라 했다!"

"마님의 재산증서 때문입니까! 제가 저놈을 족쳐 곧 실토하도록……."

"그만, 그만! 이래서 네놈이 안 된다는 것이야!"

격앙된 심열국이 서안 위의 장부를 거칠게 내던졌다. 무진의 면상을 가격한 장부가 나달나달 낱장이 되어 사방에 흩날렸다. 충혈된 무진의 눈알이 아비를 을러보았다. 그 적개심이 기어이 양부의 화를 돋웠다. 심열국이 단전을 쥐어짜며 호통을 쳤다.

"한평의 유품이란 말이다! 유일한 문신화! 무려 살아서 걸어 다니는 생화란 말이다! 저것이 기우는 상단을 다시 일으켜 세울 희귀품임을 너는 정녕 모르겠느냐!"

그 날카로운 외침에 재이가 휘청거렸다. 아비의 죄와 홍랑의 죄를 저울질하는 것은 더 이상 무의미했다. 아비가 행한 건 인신공양이었다. 불가뭄의 기우제에 산 사람을 제물로 바쳤다는 수천 년 전의 설화를, 재이는 읽은 적이 있었다. 한데 아비는 돈을 위해 그 짓을 했다. 아비를 향한 분노심이 치솟았다. 눈앞의 사내를 얼마나 살벌하게 다뤘을 것인가.

[잡혀오는 꿈을 꾸는 순간 끝이야, 끝! 불안해서 잠도 못 자.]

[왜? 말하면 뭐? 그놈들 찾아가서 패주기라도 하게? 나 대신 반쯤 죽여놓기라도 하게?]

[표적이 된 이상, 단칼에 죽는 게 가장 행복한 일이거든. 죽음 앞에서 불필요한 고초를 겪지 않도록, 짐승마냥 죽지 않도록……]

세상의 끝을 간신히 딛고 선 듯, 홍랑의 몸이 잘게 떨리는 것이 느껴졌다. 이 사내도 떠는구나. 재이는 억장이 무너졌다. 관계의 끝을 이런 식으로밖에 선언하지 못한 홍랑에게 동정심이 일었다.

"소품을 이동시키지 않고 무엇들 해!"

심열국이 뺙 소릴 내질렀다. 순순히 방지련에게 붙들려 나가던 홍랑은 다시금 허리를 반듯하게 펴고 고개를 쳐들며 재이를 철저히 외면했다. 비참한 건 딱 질색이다, 너에게만은 동정받고 싶지 않다, 그리 말하듯이. 철컹. 둘 사이의 문이 영원히 닫혔다. 홍랑의 뒷모습을 응시하던 재이의 등에 일순 소름이 번졌다. 그의 손목에 감겨 있는 것이, 자신의 옛 댕기인 때문이었다.

"조용히 하고 다들 나가, 당장!"

심열국의 불호령에 모두가 물러갔다. 순식간에 집무재가 고요해졌다.

"아하하하하하하…… 으히히히히히힛!"

빈 공간에 난데없이 괴상한 웃음이 울려 퍼졌다. 심열 국은 속으로 열렬히 만세삼창을 불렀다. 홍랑의 등을 본 순간 모든 게 역전되었다. 저런 소품이라면 하나라도 더 포획해야 한다! 얼마나 많은 소품들이 도망쳤을까 전전 긍긍하던 염려는 단박에 즐거운 상상으로 바뀌었다. 제발 많아야 할 것인데. 달랑 홍랑 하나뿐이면 아니 될 터인데. 신바람이 난 심열국의 머릿속이 화려한 계획들로 난잡해 졌다. 생화라니, 문신화라니! 위기의 상단을 부활시킬 절 호의 기회였다. 얼마를 받고 팔아야 하나? 경매에 부칠 까? 아니다. 희귀작이니 소장을 해야지, 암! 조선 상계가 뒤숭숭하니 일단 청나라에서 온 역관, 진희량부터 만나봐 야겠다. 문제는 홍랑이 호락호락 제 손에 놀아날 놈이 아 니란 것이었으나 해결책은 있었다. 민씨의 뜻을 거스르면 서까지 재이의 혼사를 막은 그였다. 피 끓는 청춘과는 항 시 거래가 쉬운 법이 아니던가.

겨울

꽃
과
나
비

　병풍과 화첩, 도자기와 공예품 등 진귀한 물건들이 잔뜩 보관된 수장고엔 빛 한줄기 들어오지 않았다. 벽에 걸린 등불 하나만이 그 윤곽들을 희미하게 비출 뿐이었다. 최고의 보물은 양손이 머리 위로 결박된 채 가장 후미진 곳에 걸려 있었다. 대들보에 건 쇠사슬 족쇄가 어찌나 빠듯한지 건장한 홍랑의 몸뚱어리가 엄지 발끝 하나에 간당간당, 겨우 지탱되었다. 며칠 밤이 지났는지 알 수 없었으나 오늘도 어김없이 무진의 채찍이 날아들었다. 고름이 다 풀어헤쳐진 홍랑의 맨가슴에 서서히 실뱀 모양의 핏자국이 배어 나왔다.

　"재산증서 어디 있어?"

　"지겹게 또 그 얘기냐?"

"어디 있냐고!"

"그걸 네가 왜 물어? 그 문서 중 네 몫이었던 건 단 한 장도 없잖아. 아니, 애초에 이 집구석에 네 것이었던 건 단 하나도 없었지!"

쫘악! 좌아악! 대답 대신 기다란 가죽끈이 정신없이 홍랑의 덩치를 휘감았다. 흥분한 무진이 홍랑의 등을 내려치려다 멈칫했다. 갈등을 이겨내려 안간힘을 써대는 눈매가 호롱불에 이리저리 일그러졌다. 홍랑의 입매가 삐뚜름하게 휘어졌다.

"옳지, 그래야지. 참아야지. 이 잘난 작품에 손대면 넌 정말 끝이야. 심열국이 값을 매기느라 기꺼이 대가릴 굴리고 있을 테니. 이제 좀 감이 와? 이 지경이 되어서도 내가 너보다 한 수 위라고."

"네놈이 주둥이에 기어코 인두질을 당하고 싶은 게지!"

맵찬 채찍질에 홍랑의 고개가 무참히 꺾였다. 몸뚱이가 축 처진 탓에 손목을 결박한 쇠사슬 밑으로 야들한 살구색 천이 드러났다. 단박에 그것을 알아본 무진의 눈에 광기가 어렸다.

"감히, 감히 네깟 놈이 재이의 댕기를 훔쳤더냐!"

"손대지 마! 죽고 싶지 않으면! 더러운 손 떼라고, 당장!"

몇 날 며칠 신체를 결박당하고도 짱짱하기만 했던 홍랑이 댕기 쪼가리에 해까닥 이성을 잃고 악을 써댔다. 무진의 만면에 미소가 피어올랐다. 드디어 저놈의 치부를 건

드린 듯했다.

"어디서 사람 흉내야! 소품 따위가 제 댕기를 지니고 있다는 것을 알면 누이가 얼마나 역겹겠느냐?"

홍랑은 댕기가 제 목숨 줄이라도 되는 양 절대 빼앗기지 않으려고 온몸이 으스러지도록 몸태질을 해댔다. 그 버둥거림을 즐기며 무진이 댕기를 바싹 잡아챈 순간, 홍랑이 결박한 쇠사슬에 힘을 실어 매달렸다. 그리고 허리를 접으며 힘껏 두 다리를 들어 올렸다. 공중에 뜬 다리가 무진의 목을 옥쥔 건 실로 순식간이었다.

"커컥…… 켁…… 켁……."

눈 깜짝할 새에 옴짝달싹 못 하게 된 무진의 얼굴이 벌겋게 울멍졌다. 손에 쥔 채찍도 소용없었다. 두 사내를 매단 사슬이 폭발 직전의 화산처럼 으르렁댔다. 눈을 부라린 홍랑이 제 다리 사이에서 붉어져가는 무진의 낯짝을 찍을 듯 내려보며 호령했다.

"감히, 내 것, 탐하지, 말라, 하였어!"

무진의 눈이 허옇게 뒤집어지려는 찰나, 뛰어 들어온 부영이 기다란 촛대로 홍랑의 뒤통수를 가격했다. 그대로 정신을 잃고 축 처진 홍랑 앞으로 무진도 쓰러졌다.

"헥…… 으헥……."

"괜찮으십니까?"

한참이나 괴상한 쇳소릴 내며 주저앉아 있던 무진이 뻣뻣해진 목을 부여잡고 비틀대며 일어섰다. 부영의 부축을

뿌리치며 그는 홍랑의 손목에서 기어코 댕기를 갈취하여 품에 넣었다.

"죽여야겠다."

"아니 됩니다! 절대 아니 됩니다! 직접 손을 대시면 정녕 어르신께서 용서치 않으실 겁니다!"

"누가 이 역겨운 물건에 손을 댄다더냐! 사고! 그래, 사고다. 바람에 횃불이 넘어져 이곳에 불이 옮겨붙었고! 구석에 놓여 있던 소품 하나가 소실된 것이다! 그뿐이다!"

순식간에 수장고 안이 매캐한 연기와 그을림으로 가득 찼다. 홍랑이 정신을 잃어가던 순간 꽝! 콰광꽝! 귓전을 때리는 굉음과 함께 땅이 뒤틀렸다. 곧 갈라진 벽 틈으로 나온 거대한 불덩이를 홍랑은 꿈처럼 바라보았다. 거기서 튀어나온 것은 다름 아닌 인회였다. 그는 재빨리 족쇄를 잘라내고 묵직하게 내려온 의형의 덩치를 낚아채었다. 황량한 두 눈이 재차 괜찮으냐고 다그쳐 물었다. 홍랑의 마른 입술에 쓴웃음이 떠오르자 인회는 다급히 그를 부축하여 푸르스름한 불구덩이를 헤쳐 나갔다. 간신히 수장고 뒤쪽으로 빠져나오자 인회가 제 등에 짊어졌던 협도를 홍랑의 손아귀에 단단히 쥐여주었다. 비수 몇 개도 그의 발목에 욱여넣었다. 그 자신도 허리춤에 꿰었던 쇠자루칼을 빼들었다. 그 비장함이 적이 지천에 깔렸다 알려오고 있었다.

홍랑이 다리에 힘을 주어 일어선 순간, 독기를 흩뿌리며 갈색 복장의 무사들이 마구잡이로 달려들었다. 눈알을 까붙이며 매몰차게 칼을 쓰는 이들은 가병이 아니었다. 무공이 대단한 살수였다. 흐트러짐 없는 품새에서 쉭쉭, 살기가 뻗쳐 나왔다. 말뚝이 샌님이 이제야 제대로 된 칼잡이들을 산 듯했다. 그때 설상가상 수장고의 대들보가 폭삭 주저앉으며 홍랑의 등 뒤로 불바다가 피어났다. 살갗에 화끈한 열기가 들러붙었다. 불티를 다급히 쏟아내리며 홍랑이 주춤하자 인회가 그를 돌아보았다. 쉽지 않은 싸움이 되리란 걸 예감한 듯, 서글픈 눈망울이 담담히 고였다.

'제가 이들을 막을 것이니 그 틈을 타 빠져나가십시오. 부디⋯⋯.'

대꾸할 기회도 주지 않고 인회는 무사들에게 돌진하였다. 칼부림이 일었다. 그 틈에 홍랑은 수장고 모퉁이를 간신히 돌았으나 살수들의 칼끝은 그를 향했다. 민첩한 은빛 궤적이 코앞을 스쳤다. 챙, 채챙! 검이 엉겼다. 흩어지는 기를 재차 모았으나 홍랑은 썰물처럼 빠져나가는 힘을 자각할 뿐이었다. 자꾸만 주저앉으려는 몸뚱이를 간신히 가누며 끝을 직감한 순간, 홍랑의 손목이 꺾였다. 설상가상 협도는 홍염 속으로 날아가버렸다. 발목께의 비수를 꺼내야 하건만 지금 상태로는 먼저 목이 잘릴 터였다. 홍랑은 무릎을 접어 인회가 넣어준 비수를 꺼내면서 모든

관절이 둔탁하다 여겼다. 이때쯤이면 벌써 시
퍼런 장검이 자신을 반으로 가르고도 남았
으리라. 그러나 그가 비수를 쥐고 일어섰을
때 벌렁, 뒤로 나자빠진 것은 고목처럼 버티고 섰던 살수
였다. 가슴에 쇠자루칼을 꿴 채였다. 인회의 하나뿐인 무
기! 다급히 뒤를 일별한 홍랑의 눈에 그가 들어왔다. 이미
고개가 앞으로 훅 꺾인 해괴한 형상이었다. 홍랑이 본능
적으로 뿌린 비수는 다행히도 살인귀의 뒷목을 정통으로
꿰뚫었으나 이미 두 개의 반월도가 인회의 복부와 가슴을
관통한 후였다. 말 못 하는 입에서 쿨럭 핏덩이가 쏟아져
내렸다. 인회가 서서히 꺼꾸러지는 것이 어째서인지 아주
느리게 보였다. 별안간 섬뜩한 불벼락이 여기저기에 내리
꽂혔다. 지옥문이 열린 듯했다.

　홍랑은 널브러진 살수의 시체에서 쇠자루칼을 뽑아 들
곤 허겁지겁 인회를 향해 달렸다. 이런 끝을 보자고 데려
온 아이가 아니었다. 감히 아우가, 형도 맛보지 못한 죽음
을 먼저 맛볼 순 없었다. 하나 순간 거대한 폭발음과 함
께 솟구친 불기둥에 홍랑의 몸뚱어리는 저만치 나가떨어
졌다. 그는 곧 제가 큰 소나무와 샛담 사이에 처박힌 것을
깨달았다. 뒤이어 광풍이 휘몰아치고 붉은 파도가 두 사
람을 휘갈랐다. 먼발치에서 불길에 사로잡힌 의아우가 엎
드린 채 고개를 꺾어 저를 바라보고 있었다. 이제 더 이상
은 건너갈 수 없는 곳이었다. 불 장막 속에 이지러진 인회

의 눈빛이 처연하게 웃는 듯도 하였다. 타들어가는 인회의 무복 사이로 존재를 드러낸 것은 오색 찬연한 화접도였다. 차마 그것을 바라보지 못하고 홍랑은 질끈 눈을 감았다. 처참히 문드러지는 인회의 등에서 붉은 꽃송이가 만발했다. 금싸라기를 흩뿌리며 소용돌이치는 불꽃바람에 곧 수십의 나비들이 우아하게 날아올랐다.

한평 대군의 손아귀에서 탈출하려다가 혀를 잘린 것도 모자라 결국 화형으로 스러진 인회였다. 등에 짊어진 천형을 벗는 길은 역설적으로 그것뿐이었을지도 몰랐다. 슬픔을 추스르지 못한 홍랑의 육체가 격렬하게 피눈물을 짜냈다. 사지가 바들바들 떨렸다. 곧 횅한 눈동자가 맥없이 하늘로 향했다. 뒤틀린 바람을 타고 솟구치는 홍염의 아지랑이 속에 불현듯 환각이 일었다. 그날, 그 밤. 억새밭에 서 있던 여인. 요동치던 흑발. 그리고 물 향기. 기억은 범람하는 강처럼 그를 덮쳤다. 중독이었다. 떨치려 하였건만 기억은 몸 여기저기에 기생하다가 기습적으로 재생되었다. 더 아름답게 왜곡되고 더 치명적으로 포장되었다. 한층 짙고 은밀한 의미가 부여되었다.

향수는 고통스러웠다. 주제넘은 추억을 간직하려 드니 자꾸 목이 졸리는 것이리라. 번뜩 못된 마음이 고개를 쳐들었다. 빌어먹을 팔자도, 처절한 운명도 재이로 인해 더욱 짙어지고 뚜렷해지는 이유에서였다. 증오심이 솟구쳤다. 감히 허락도 없이 삶을 통째로 흔들어놓은 그녀가, 죽

음 이외 그 어떤 것에도 현혹되지 않았던 자신을 꾀어낸
그녀가, 죽도록 미웠다. 텅 빈 손목을 더듬던 홍랑의 눈동
자가 요암재 지붕에 닿았다. 재이가 발칙한 자세로 누워
있던 그 자리였다. 그 모든 것이 꿈인 양 아득하였다. 당
장 그녀를 봐야만 했다.

생존을 위한 숨결

매캐한 잿가루를 몰고 요암재에 들어선 홍랑은 대뜸 비수부터 날려댔다. 그의 손짓에 세 쌍의 불꽃이 순차적으로 꺼지고 서안 위의 몽당 초 하나만이 근근이 방을 밝혔다. 침의 차림의 재이가 이불을 밟고 벌떡 일어났다. 필시 무슨 일이 터진 것이었다. 그렇지 않고는 사람에게서 이런 탄내와 살기, 그리고 가늠조차 할 수 없는 비애가 흘러나올 리 없었다. 재이는 진탕이 된 가슴을 억누르며 곧장 널따란 소매에서 단도를 꺼내 들었다. 꽉 틀어쥐었으나 감히 겨누지는 못한 채 그녀는 홍랑을 노려보았다.

"돌아오면 죽인다 하였다!"

"거참 잘됐네! 그래, 제발 좀 죽여! 네 아비가 선사한 이 생지옥, 더는 살기 싫으니까! 아주 지긋지긋하니까!

죽여!"

"진정 죽일 것이야!"

"그럼, 죽여야지. 죽어버리면 안 되지!"

바닥을 향해 숙여진 단도를, 사내의 뜨거운 손이 덮어 다잡았다. 그 열감에 여인은 당황했다.

"이래서 죽일 수가 있겠어? 하여튼 징그럽게 말도 안 듣지! 이리 쥐면 안 된다고 몇 번을 말했어? 이렇게 단단히 쥐라고, 단단히!"

재이의 손을 재차 고쳐 잡은 홍랑이 자신의 빗장뼈 사이를 겨누었다.

"여기라고. 찔러! 깊이! 뭘 망설여? 어서 찌르지 않고!"

단도가 홍랑에게 딸려가자 재이의 눈동자가 뒤흔들렸다. 온 힘을 다해 오히려 그녀가 사내의 힘을 저지하고 있었다. 떨리는 그녀의 손목을 타고 단도 뒤에 늘어진 핏빛 술이 찰랑댔다.

"적선하는 셈 치고 찔러. 그럼 쉽잖아!"

"왜 죽어! 억울하잖아, 너도 억울해 죽겠잖아!"

"억울해서 기필코 죽어야겠다고!"

재이가 힘에 부친 듯 시큰한 눈동자를 빠르게 깜빡였다. 그 틈에 단도가 바짝 끌어당겨졌다. 홍랑의 살갗에 닿은 채 더 이상 나아가지 못한 칼날이 사정없이 떨렸다. 재이가 몸을 홱 뒤틀었다.

"더 이상 날 희롱하지 마!"

　재이의 팔뚝을 채잡은 홍랑이 거슬한 목소리로 으르렁
댔다.

　"희롱이 무언지 똑똑히 봤잖아! 심열국이 얼마나 많은
소년들을 지옥으로 떠밀었게? 내 의형제도 오늘, 결국, 네
오라비 손에 죽었어! 그 멍청한 등신이 매수한 살수들한
테 목이 꿰이고 가슴이 찢겨서!"

　"설마!"

　"그래도 난 그 말뚝 원망 안 해! 왜? 결국 그놈도 심열
국이 구매한 소품일 뿐이니까! 내 등짝의 작품도 구경했
겠다, 어때? 나 이 정도면 심단주를 증오하고, 경멸하고,
저주할 만하지! 그 죗값 받으러 올 자격 충분하지? 그렇
지? 대답해, 그렇잖아!"

　사내의 처참한 토로에 재이는 경악했다.

　"사라져, 당장."

　"자신은 있고? 또 혼자 살 자신! 날 그리워하지 않을 자
신!"

　"너 따위를 내가 왜?"

"마음을 기울였잖아. 헤프게!"

"홍랑인 줄 알았으니까!"

"그뿐이야? 진정 날 혈육으로 대했을 뿐이다?"

"그래!"

"좋아, 어디 견딜 수 없을 때까지 그렇게 지껄여봐!"

"낡아 빠진 댕기 따위를 간직한 건 네가 아니더냐?"

재이의 일격에 홍랑의 얼굴에 만감이 스쳤다. 지옥인지 천당인지 분간 못 하고 휩쓸렸던 건, 제가 맞았다.

"복수 때문이라 변명할 테냐? 아니, 지난 모든 날들이 통째로 거짓일 리는 없다. 그렇지 않느냐!"

그랬다. 놓지 못하고 붙든 건 자신이었다. 그 깨달음에 별안간 홍랑의 인내가 바닥났다. 표정도 더는 숨겨지지 않았다. 하필 이 순간, 한 뼘 거리에서 단도를 틀어쥔 여인의 몸태는 너무 고왔다. 홍랑은 그녀의 손에서 우악스레 비수를 뺏어 들었다. 재이가 눈을 치켜뜬 찰라, 훅 숨이 꺼진 것은 요암재의 유일한 불빛이었다. 갑작스러운 암전에 재이가 가슴께를 틀어쥐며 숨을 몰아쉬었다. 홍랑은 애꿎은 곳에 제 감정을 폭발시켰다.

"잘난 척은 혼자 다 하더니 왜 어둠 따위에 겁을 먹어! 날 쏘아봐! 죽일 듯이 쏘아보라고!"

"비겁한 것! 당장 나가…… 죽여버리기 전에!"

재이는 오장육부에 타는 듯한 쓰라림을 느끼곤 바락바락 눈을 홉떴다. 어찌하여 이런 순간까지도 어둠이 절 괴

롭히는지 야속할 뿐이었다. 미지의 공포에 휘둘리지 않으
리라. 혼절하지 않으리라…… 이를 윽무는 찰나, 까물까
물 앞이 점멸하고 오금이 꺾여들었다.

"날 죽이려면 최소한 살아 있긴 해야 할 거 아냐!"

허물어지는 여인의 등을 홍랑이 와락 낚아챘다. 그리고
마른 입술을 내리눌렀다. 제 의지보다 몸이 먼저 움직인
것에 그는 놀랐다. 습한 사내의 숨결이 기도를 타넘고 들
어오자 재이는 반항할 여력도 없이 그것을 허겁지겁 받아
삼켰다. 곧 또로록, 그녀의 눈꼬리에서 독기 어린 눈물이
삐져나왔다.

침의 속 몰랑한 살결이 홍랑에게 열증을 안겼다. 견고
히 쌓아놨던 마음의 둑은 한순간에 터졌다. 너덜너덜해
진 육체와는 별개로 감각은 지독히도 예민하게 치솟았다.
끓어오르는 감정을 그는 모질게 다잡았다. 차마 맘껏 탐
할 수 없었다. 연약한 꽃잎은 위험천만한 독화였다. 팽그
르르 돌며 저무는 낙화처럼 애련을 가장하고 있을 뿐이
었다. 마지막 숨을 부여한 그가 독가시에 찔리지 않도록
자근자근 여인을 떼어내었다. 그 순간, 홍랑의 입술을 다
시 감아 문 것은 재이였다. 놀란 홍랑은 급류에 휩쓸리지
않으려고 사지를 힘껏 허우적댔다. 그러나 여인은 한 줌
의 숨이라도 더 취하려고 고개까지 비틀며 사내의 속입술
을 빨아댔다. 삼삼한 몸씨는 낭창하게 휘었고, 작은 버선
발은 한껏 까치발을 디뎠다. 머리는 완전히 뒤젖힌 채였

다. 저돌적인 여인은 그저 숨을 토해내라 협박 중이었다. 알면서도 사내는 속수무책 녹아들었다. 생기가 부여된 여인의 가슴이 과격하게 오르내리자 사내의 심장이 한계를 고해왔다. 다음 순간, 재이의 찬 손이 등을 감싸자 홍랑의 어깨가 홱 튀어 올랐다. 자글거리던 피가 삽시간에 식어 내렸다. 망각했던 제 처지가 또렷이 각인되었다. 살인을 일삼는 칼잡이! 불현듯 현실로 끌려온 몸뚱어리가 소스라치며 재이의 몸피를 잡아 떼어냈다. 어둠에 완벽히 적응한 여인은 언뜻 꿈을 꾸듯 혼몽하였다.

"빌어먹을! 난 목숨을 거두지, 살리진 않아! 추잡한 심열국 핏줄이라면 더더욱!"

핏발 선 사내의 눈동자가 느슨하게 숨이 트인 여인을 쏘아보았다. 별안간 재이의 눈망울이 억울함을 호소하며 또다시 홍랑을 향해 짓쳐들었다. 이번엔 생존이 아닌 진심이었다. 사내가 급히 제 고개를 외틀었다. 열꽃이 핀 여인의 얼굴이 당혹스러워서였다.

"숨이 아니라 사내가 고팠군."

쫘악! 홍랑의 뺨이 아릿했다. 마음속 불씨가 끝내 꺼졌다. 잔열이 남은 입술을 깨물며 그가 등을 돌렸다. 절대 돌아보지 않겠다는 굳은 의지와는 별개로, 숨길 수 없는 슬픔이 그 뒷모습에서 묽게 떨어져 나왔다.

그들의 앞날

청 역관 진희량의 긍정적 반응에 희희낙락 휘파람까지 불며 솟을대문을 넘던 심열국이 뿌연 연기에 걸음을 딱 멈췄다. 수장고 쪽이었다. 마침 우르르 나오던 가병들은 귀신을 본 듯 놀라 뒷걸음질 치다 말고 방지련이 막아서자 다짜고짜 무릎을 꿇었다.

"홍랑 도련님께서 사라지셨습니다!"

"그 무슨 말이냐!"

"잡아 죽이라는 무진 도련님의 명이 떨어져서…… 하나 저희도 홍랑 도련님을 정말로 해칠 작정은 아니었습니다요, 진정입니다!"

심열국의 얼굴이 터질 듯이 붉어졌다.

"지련! 홍랑을 찾아내라, 당장! 꼭 찾아야 한다, 꼭! 무슨 일이 있어도! 알았느냐!"

그가 잿더미가 된 수장고 앞에 당도했을 때 무진은 애꿎은 가병들을 족치는 중이었다.

"무진, 네 이놈!"

심열국은 손에 쥔 소가죽 장갑으로 무진의 뺨을 사정없이 후려쳤다.

"네가 진정 제정신인 것이냐! 그 귀물을 대체 어찌했느냐! 그게 도대체 얼마짜린 줄이나 알고 감히 수장고에 불을 질러! 감히 네놈이! 감히 말뚝 따위가!"

무진의 안경은 저만치 날아가 땅에 처박히며 쩌억, 금이 갔다.

"제가 책임지고 반드시 그놈을 찾아……."

"닥쳐! 내 평생 장사치로서 가장 헛되게 쓴 돈이 바로 이천 냥, 네놈의 몸값이다! 내 너를 제주 고대감에게 노비로 팔아넘기고 푼돈이라도 챙겨야 속이 풀릴 것이야!"

그날 밤. 무명재에 넋을 빼고 앉은 무진 앞에 부영이 무릎을 꿇었다. 안 그래도 절망에 빠진 상전에게 생부의 부고까지 전하게 되어 참담할 뿐이었다. 그는 차마 입이 떨어지지 않아 서안 위에 수낭부터 올려놓았다. 안에 든 돈꾸러미가 묵직했다.

"고인께서 품에 지니고 계셨다 합니다."

그 짧은 한마디가 미처 끝나기도 전에 금이 간 안경 아

209

래로 굵은 눈물방울이 뚝, 떨어졌다. 이 수박빛 수낭을 어찌 잊을까. 십 년 전 심열국을 따라나서던 그 모진 겨울날 생부에게 떨어진 제 몸값이었다. 불과 달포 전, 이 큰 돈을 어찌 홀랑 날려먹고 결국엔 매품까지 팔아 사달을 내었느냐 친부에게 윽박을 질렀더랬다. 그것이 불과 두 계절 전이었다. 진정 몰랐다. 그 긴 세월 아비는 수낭 매듭 한번 풀르지 못한 채 아들의 몸값을 벽장 깊숙이 넣어두기만 하였다는 것을. 아무리 배를 곯아도, 죽을 만치 아파도 그저 꺼내 보고 또 꺼내 보기만 하였다는 것을. 당신도 십 년 전엔 미처 알지 못했으리라. 차라리 매품을 팔지언정 감히 금쪽같은 아들의 몸값을 축낼 순 없으리라는 것을.

"이럴 거면…… 상단 대문에 돈 꾸러미를 죄 내던지며 내 새끼 토해내라 난동이라도 부렸어야지…… 아들내미 면상이라도 보게 해달라 억지라도 썼어야지…… 으흐흑!"

곧 죽어도 양반 체면이 중해서 아니, 아들이 당할 괄시가 두려워 끝내 골방에서 언 가슴만 내리치다 생을 마감한 아비였다.

"장례만은 내 손으로 치를 것이다."

"도련님, 일을 그르치지 마십시오. 제가 계율사에 위패를 모시겠습니다. 정성껏 살필 테니……."

"단 한 번이라도 자식 된 도릴 해야…… 나도 살 수가 있질 않겠느냐."

"홍랑, 아니 그 가짜 놈은 못 돌아올 겁니다. 죽었을지도 모릅니다. 혹 모든 것이 예전으로 돌아갈 수도 있으니 부디 자중하셔야지요."

"하여 생부의 마지막마저 외면하란 것이냐? 어찌 이리 무정해, 어찌!"

금이 간 안경을 벗어든 무진은 연거푸 시린 눈두덩만 찍어댔다. 손톱만큼이라도 판세를 뒤집을 가능성이 있다면 죽은 생부보다는 눈 시퍼렇게 뜬 양부를 따르는 게 맞았다. 다만 그것이 말처럼 쉽지 않았다. 무진은 힘겹게 수낭을 부영에게 들이밀었다.

"큰스님께 정성껏 모셔달라 당부하여라. 사십구재엔 무슨 일이 있어도 내 직접 갈 것이라 이르고."

수낭을 고이 품에 안은 채 부영은 뒷걸음으로 멀어졌다. 문이 닫히기 무섭게 천애 고아가 된 사내가 서럽게 울었다. 지난 세월이 참으로 무상하였다.

아무것도 모르는 채, 또다시 사라진 홍랑을 찾아 헤매던 민씨 부인의 눈이 대번에 휘둥그레졌다. 꼬장꼬장하게 들어선 귀곡자 때문이었다.

"집안에 불기운이 차고 넘치니 막힌 안채의 우물부터 뚫으십시오."

"물길을 내란 말인가?"

"예. 하면 아드님께서 귀환하실 것입니다."

뱀 허물처럼 축 늘어져 있던 민씨 부인이 꼿꼿하게 척
추를 바로 세웠다.

"물길만 찾으면 진정 내 혈육이, 내 하나뿐인 아드님
이…… 오시겠는가?"

고개를 끄덕인 무당이 평소답지 않게 큰절을 올렸다.

"예. 곧 돌아오실 테니 더 이상 이년이 필요치 않으실
겝니다."

새 댕기와 야명주

참하게 접힌 살굿빛 댕기가 문지방에 놓여 있었다. 재
이는 짐작이 갔다. 저 물건이 무엇일지. 외면하려는 찰나
역설적으로 방 안 가득 하백 숲이 펼쳐지고 붉은 꽃송이
가 흐드러졌다. 고구마 줄거리를 캐내듯 그날의 온도가,
바람이, 웃음이, 손길이, 음성이 줄줄이 엮여 나왔다. 재이
는 풀썩 주저앉았다. 모두 야속했다. 홍랑도, 그에게 천벌
을 내린 아비도. 하나 머리를 강타한 충격은 전혀 예상 밖
의 것이었다.

'그가 나를 속였다고 분노하는 것은 정당한가? 조롱당
한 것은 정녕 나인가!'

홍랑에게 내어준 것은 마음 한 자락이 아니었다. 마음
의 전부였다. 그가 화마를 뚫고 제게 왔던 밤, 바로 이곳

에서 자신이 갈구한 것은 생존을 위한 호흡이 아니었다. 애정이었다. 혀끝에 달궈진 숨결이 느껴졌다. 타오르는 불을 삼킨 그런 맛이었다. 기이하게도 그 숨은 어둠을 견디게 했다. 처음이었다. 재이는 별안간 제 가슴팍을 내리쳤다. 걷잡을 수 없는 분노와 참담함, 죄책감과 억울함 그리고…… 온갖 감정의 부스러기들이 한꺼번에 터져 나와 명치끝을 억눌렀다.

단숨에 지붕에 오른 재이는 얼음장 같은 기와에 등을 뉘었다. 퀭한 눈동자는 바삐 밤하늘을 헤집었으나 빽빽하게 붙박인 별들은 어느 하나 꼬리를 늘이며 떨어지지 않았다. 천리경을 꺼내려고 수키와 밑 비밀공간으로 쑥 넣은 손이 멈칫했다. 낯선 물체가 잡힌 까닭이었다. 조심스레 꺼내보니 매끈한 자개 상자였다. 열기가 망설여졌다. 이것이 또 얼마나 내 속을 휘저어놓을 것인가! 근심을 달래기라도 하듯, 딸깍 열린 상자의 틈새로 돌연 맑은 옥빛이 돋아났다. 주위가 환해질 만큼 영롱한 푸른빛. 말로만 들었던 야명주였다.

"아아……."

감탄에 퍼져 나온 제 입김이 또렷이 보일 만큼 투명한 녹빛을, 재이는 품어 안았다. 안간힘으로 떨쳐내려던 단한 사람이 이렇게 또 스며들듯 가슴을 장악했다. 맘을 진정시키며 그녀는 가분가분 상자 안을 살폈다. 정갈하게 접힌 수십의 종이들은 모두 민상단의 재산문서들이었다.

그러나 현 소유주는 민씨 부인도 홍랑도 아니었다. 팔도의 점포와 별채, 세곡선, 장도릿배, 인삼 판매권 그리고 은광 채굴권까지…… 펼쳐보고, 또 펼쳐보아도 문서 끝엔 모조리 심재이, 제 이름자가 쓰여 있었다. 맥박이 잘게 튀었다. 이것이 홍랑의 죽음을 뜻함인가? 가슴이 덜컥 내려앉았다. 재이는 냅다 상자를 닫아버렸다. 마치 열어보지 않은 양, 제 것이 아닌 양, 저는 모르는 일인 양 기왓장 밑에 다시 밀어 넣었다. 전 주인이 찾으러 올 것이다. 아니, 꼭 그래야만 했다. 중얼거리던 재이는 기겁했다. 제가 홍랑을 기다리고 있다니! 별안간 고독이 밀려들었다. 사위가 고요하여 이명이 이는 듯했다.

그 시각. 큰 아궁이가 놓인 산속 초막, 기다란 돌배나무 탁자 위에 넙죽 엎드린 건 술에 취한 홍랑이었다. 나뭇결에 켜켜이 밴 각종 산짐승 냄새가 그의 코끝을 파고들었다. 사십 평생 사냥꾼이자 가죽장이로 산 몽돌은 곰발 같은 손으로 담비 가죽을 손질하며 심드렁히 말했다.

"그 큰 등껍질을 몽땅 벗겨내면 며칠 못 산다니까 그러네. 내가 몇 번을 말해? 싱싱한 돼지껍질을 붙여놓는다 해도 어찌 될지 장담 못 한다니까!"

"누가 장담하래? 죽어도 상관없다고, 죽어도."

"미친놈, 누구한테 송장까지 치라고!"

"예전에 소 한 마리 값은 받아야 된다고 했지? 자, 여기.

소 열 마리 값이야."

홍랑이 내려놓은 금덩이를 보며 한참을 망설이던 몽돌은 작업하던 가죽을 내팽개치며 벌떡 일어났다.

"에잇, 못된 놈! 기어이 일을 치게 허네, 일을. 에잇, 징한 놈! 펄펄 끓는 팥죽에 담갔다 빼도 살아남을 놈!"

"칭찬은 그 정도로 됐고, 바로 시작해. 이미 술도 진탕 퍼마시고 왔으니."

"소름 끼치게 도중에 그만하자고만 했단 봐! 죽어도 그 꼴은 못 본다. 알았어, 엉?"

그렇게 지난한 밤이 지났다. 이윽고 땀을 뻘뻘 흘리는 몽돌 뒤로 희붐하게 새벽빛이 들이쳤다. 남실남실 번져가는 광명 아래 홍랑이 혼미하게 미소 지었다. 생애 처음으로 등에 짊어졌던 천형을 정면으로 마주한 때문이었다. 목청 좋은 산닭이 우렁차게 아침을 알렸다.

너에게 난 무엇이었느냐

저승에 발을 딛는 양 곤혹스레 무명재에 든 부영이 무진을 향해 머리를 조아렸다.

"어르신께서…… 어르신께서 명하시길…… 내일 아침 동이 트는 대로 떠나라 하십니다."

"아니 간다."

"버티시면 가병들을 동원하여 끌어낸다 하셨습니다."

"아니 간다 하였어. 여기가 내 집이다, 도대체 나한테 어딜 가란 말이냐!"

"설마 고대감께서 도련님을 정말 노비로 쓰시겠습니까. 제주에서 후일을 도모하면 될 일입니다. 이렇게 무작정 버티시다간 진정 큰일 치르십니다, 도련님!"

부영이 말끝에 홀로 울컥하여 입을 꾹 닫았다. 억세게

겹쳐진 입술이 덜덜 떨렸다.

"방지련에게…… 명이 떨어졌단 말입니다!"

무진이 요암재에 들었을 때 재이는 커다란 지도 앞에
못박혀 있었다. 삼단 같은 머리 아래 드리워진 새 댕기가
어쩐지 그의 심기를 거슬렀으나 벼랑에 핀 달맞이꽃처럼
아스라한 누이의 뒤태를 보며 애써 웃는 오라비였다.

"누이야, 나와 함께 연경으로 가자."

수척한 뒷모습이 꼼짝을 하지 않았다. 그 싸한 기운에
무진의 목소리가 깔깔해졌다.

"어서 진짜 아우를 찾아야지 않겠느냐."

"아니 갑니다."

불벼락이 떨어졌다. 그 단호한 꼭뒤에서 오라비가 마른
침을 삼켰다.

"하면 난? 이제 헤어지면 다신, 다신 못 볼 것이야. 민상
단과 인연을 끊고 살라는 아버님의 명이시다. 언젠간 이
곳이 내 집이라 하시더니 이젠 또 그게 아니라 하시는구
나."

"……."

"너 없인 견디지 못했을 것이야. 날 끝없이 경멸하는 마
님과 변방으로 떠돌게만 한 아버님을 너 하나로 참아내었
다. 그래, 단 한 번도 아들로 인정받은 적 없으니 참으로
다행이지 않느냐? 네게 오라비이고 싶은 마음, 애초에 없

었다. 그놈의 남매, 아무것도 할 수 없는 오라비! 나도 이제 진절머리가 난다."

"……."

"내, 너를 무척 아낀다."

"……."

"은애한다. 널."

멍하니 풀려 있던 재이의 눈이 살푼 떠졌다. 다시금 갈 앉은 시선이 느릿하게 돌아섰다. 드디어 그녀와 눈을 맞춘 무진이 작심한 듯 고했다.

"늘 심장이 제멋대로 널을 뛰었다. 별것 아닌 너의 말이 가슴에 파문을 일으켰다. 네가 울고 웃을 때마다 내 목숨줄이 끊겼다 이어졌다 수없이 반복하였다. 오라비라는 굴레가 날 괴롭게 했다. 수천 번 생각했다. 천륜이고 상단이고 모두 끊고, 다 내려놓고, 그냥 미친 척…… 네 마음 한 자락을 떼어달라 할까, 멀리 도망가자 할까……."

말릴 틈도 없이 털썩, 무진이 무릎을 꿇었다. 심히 비장하였다. 제 심장을 갈라 보이지 않는 한 이토록 간절한 진심을 달리 어떻게 표현할 수가 없었다.

"이가 설경이다. 내 진짜 이름."

"왜 이러십니까?"

"청혼하는 것이다."

"일어나세요, 오라버니."

"나와 연경으로 가자. 내 이렇게 빌마. 무슨 짓이든 하

마. 제발 나와 이 지긋지긋한 곳에서 벗어나자."

"제가 그토록 간청할 땐 눈도 깜짝 안 하시더니 어찌 이제 와 이러십니까! 상단에서 쫓겨나게 되니 그제야 솟아난 그 용기, 전 안 믿습니다."

"나의 연심을 곡해하는 것이냐? 그래, 상관없다. 내가 널 연경으로 무사히 데려다주고, 아우를 찾게 도울 것이야. 그뿐이다. 날 길라잡이라 생각하면 될 터!"

"안 갑니다."

"왜 이리 매정하게 구느냐? 너와 나는 진정 그 무엇도 아니었더냐? 그저 네 아비가 날 사왔기에 오라비라 부른 것뿐이더냐? 허울 좋은 법도에 묶인, 한낱 그런 사이였더냐, 우리가!"

"그만 좀 하세요!"

"그 가짜 놈 때문이냐? 홍랑 때문이냐 물었다!"

고작 이름 하나에 움찔하는 재이를 보며 무진이 으드득 이를 갈았다.

"죽었다. 그놈."

"그럴 리 없습니다."

"내가 죽였다."

"오라버니는 그런 분이 아니십니다!"

"내가 그리하였어!"

"거짓말!"

"살아 있다면 어찌 마님께서 앓아누우셨겠느냐? 어찌

수백의 가병이 그깟 놈 하나를 못 찾아 저 안달이겠느냐! 아니, 그놈이 살아 있다면 왜 아버님을 살려두었겠느냐? 왜 이 모든 것을 까발리지 않았겠느냐? 어찌 이리 조용하겠느냔 말이다!"

"아니야!"

"참이다! 그 죗값으로 난 빈손으로 이 집을 나갈 것이야. 하나 너만은 잃지 않아. 너만은 내 것이다, 너만은!"

벌떡 일어선 무진이 재이를 부둥켜안았다. 인내가 끝이 났다. 십 년의 세월이 와르르 무너져 내렸다. 비굴하게 무릎을 꿇고 애원을 해도, 구걸을 해도 아니 된다면 무력으로 빼앗는 수밖에 더는 도리가 없었다.

"나에게 너를 다오!"

"놓으세요! 놓으란 말입니다!"

몸을 한껏 비튼 재이는 이 상황이 역겨워 이를 앙다물었다.

"놔! 당장 멈추지 않으면 다시는, 다시는! 오라비를 보지 않을 겁니다!"

섬뜩한 외침이 무진이 겨우 잡고 있던 이성의 끈을 툭, 끊어내었다. 마지막으로 남아 있던 실낱같은 자존심이, 또 희망이 물거품처럼 사라졌다. 야속함으로 희번덕대는 사내의 안광이 빗금이 간 채 그녀를 쏘아보았다.

"너만은…… 내 편이어야 하지 않더냐!"

무진이 성난 해일처럼 재이를 덮쳤다. 지난날들이 추억

으로 남을 수 없다면 그녀에게 생채기라도 남기리라. 가는 팔을 휘어잡은 악력이 무지막지했다. 징그러운 벌레를 떼어내듯 뒤채는 여인의 몸부림이 무진의 마음을 가차 없이 난도질했다. 그러나 왜일까. 못난 심장은 이 비통함마저 그녀에게 위로받고 싶다고 외쳐댔다. 무진은 끝내 가녈한 목덜미에 제 고개를 파묻었다. 숨 쉴 곳이 정히 그곳뿐이었다. 이 품을 원했다. 수많은 날 수많은 밤, 갈구하고 또 갈망하던 향기였다. 어째서인지 눈물이 날 것만 같아 그는 얇은 살갗을 담삭 베어 물었다. 허공을 향해 턱이 쳐들린 재이는 가쁜 숨을 몰아쉬었다. 그런 그녀가 제 앞섶을 틀어쥐고 발악을 할수록 무진의 가슴에 환락과 가책이 기묘하게 얽혀들었다. 그의 습한 숨결이 여인의 가슴께를 타고 내린 순간, 사력을 다해 버티던 여체가 반항을 멈추었다. 죽자사자 어깨를 밀쳐내던 팔도 툭 떨어졌다. 딸깍. 심상찮은 소리가 허공을 갈랐다. 무진이 뻗뜩 상기된 면을 들어 올렸다. 열기로 탁해진 눈초리에 자신을 향해 날이 선 단도가 보였다. 하나 그것은 제가 준 금장도가 아니었다. 조악한 나무 단도였다. 저 얄궂은 물건이 뉘에게서 왔을지 짐작이 갔다. 또 그놈이었다. 사기꾼, 소품, 생화. 무진의 얼굴에 기이한 조소가 차올랐다. 진한 피로감이 몰려들었다. 세상에 단 하나뿐이던 제 편이 허무하게 사라지고 있었다. 아니, 애초에 제 편이 아니었을지도 몰랐다.

"하아……."

무진이 한숨을 내쉰 순간 뾰족한 칼날이 마침내 그의 빗장뼈 사이에 닿았다. 제 명줄이 모두 타버렸음을 무진은 자각했다. 재이에게까지 핍박받으며 쫓겨나는 자신의 모습에 환멸마저 몰려왔다. 그가 한 발짝 몸을 물리며 피폐해진 영혼을 추스르듯 느릿느릿 옷매무새를 가다듬었다. 금이 간 안경도 바르게 고쳐 썼다.

"너에게 난, 무엇이었느냐?"

"……."

"너도 날 한낱 말뚝으로 여겼구나. 재이 너마저도……."

무진의 어깨에 지독한 무기력이 내려앉았다. 비척비척 장지문을 넘던 그가 고개를 돌려 누이를 바라보았다. 곧 붕괴될 듯 위태로운 그 모습을 재이는 끝끝내 외면했다. 그것이 이별이자 고별인 것을 알지 못했으므로.

작별 인사

달빛이 찼다. 달무리는 얼어붙었다. 어스레한 무명재에 삼경을 알리는 종소리가 들려왔다. 묵묵히 허공을 주시하던 무진은 흰 도포를 두르고 정갈하게 고름을 바로 묶었다. 빈손으로 왔기에 들고 나갈 것 또한 없었다. 봇짐 하나 없이 그저 옷깃을 빳빳이 여미는 것으로 떠날 채비를 마친 그가 빈방을 둘러보았다. 장장 십 년이었다. 처절하였으나 이 정도면 묵묵하게 잘 살아내었다고, 아무도 위로해주지 않아 스스로 도닥인 무진이었다. 다시금 머리와 옷매무새를 가다듬은 그가 동쪽을 향해 커다랗게 절을 올렸다. 생부의 위패를 모신 계율사 방향이었다. 담결하게 예를 다할 작정이었건만, 두 번째로 허리를 굽혀 머리를 조아렸을 때 전신이 요동쳐왔다. 바닥을 짚은 두 손 위로 눈물이 뚝뚝 떨어져 내렸다. 그 위에 묻은 얼굴이 망측하게 일그러졌다. 몸을 일으킬 수가 없어 한동안 그대로 있던 무진은 결국 제가 생부와 한 치도 다르지 않았다는 걸 인정했다. 무엇 하나 투쟁하여 취하지 못하고 막연한 헛희망을 품고 치열하게 시간만 견뎌내었을 뿐이었다. 십 년 전, 아비의 바짓가랑이를 꽉 붙들곤 양자로 팔려가진 않겠다, 죽어도 못 간다 생떼라도 부렸어야 했다. 하면 애초에 어여쁜 누이가 생기는 재수도 없었을 것이요, 허무히 빼앗기는 재앙도 없었을 것이 아닌가. 무진에게 재이는 꿰돌이었다. 그것을 빼면 삶은 무너질 수밖에 없었다.

한참을 끅끅대던 무진은 코끝에 맺힌 눈물 한 방울을 훔쳐내며 꼿꼿이 일어섰다. 먹먹한 정적 속에 나지막이 부엉이 소리가 들려왔다. 우우우. 우우우우. 익숙한 미물의 울음이 오늘따라 허무한 곡처럼 들려 마음이 아린 무진이었다. 우우우. 우우우우…… 탁! 휑한 방바닥으로 나무 의자 하나가 고꾸라졌다.

출발을 재촉하는 부영이 당도한 것은 아침이 채 밝기도 전이었다. 애타는 그의 마음과는 별개로 안에선 기척이 없었다. 심상찮음을 직감한 그가 벌컥, 문을 열어젖혔다.

"도, 도련님! 도련님, 도련님! 어흑, 도련니임!"

사십 줄을 넘긴 부영이 아이처럼 통곡하였다. 절망에 목이 졸린, 상전의 뜬 다리를 부둥켜안은 채였다.

붉은 띠로 남은 막판의 석양 위로, 세상에서 가장 서글 픈 바람이 불어왔다. 자결한 놈을 선산에 둘 수 없으니 내 다 버리라 한 민씨 부인의 야박함이 오늘만은 감사하였 다. 덕분에 무진은 다시금 양반 이씨의 핏줄이 되어 생부 옆에 묻혔다. 아비의 묘가 풀포기 하나 없는 흙무덤이었 다. 그가 불과 얼마 전 죽었다는 것을, 그것도 생돈을 부 둥켜안고 곡기를 이어나가지 못해 매품을 팔곤 그리되었 다는 것을 오늘에서야 알게 된 재이였다. 상복 가장자리 에 너풀너풀 풀어져 나온 삼베 시접 사이로, 억누르지 못 한 슬픔이 줄줄 새어 나왔다. 그런 애기씨를 부영이 애써 위로하였다.

"도련님께서 생전에 못다 한 효도가 한이 되어…… 부 친의 저승길 길라잡이를 자처하셨나 봅니다."

도련님이 목을 맨 건 애기씨의 댕기였다고, 삼도천을 건너는 도련님의 손에 그것을 쥐여드렸다고…… 그 말만 은 끝내 삼킨 부영이었다.

계율사에 오라비의 위패를 모시고 돌아온 재이는 무언 가 크게 어긋났음을 느꼈다. 상단 전체가 텅 빈 것은 물론 이요 대문을 지키고 있어야 할 가병들조차 보이지 않아서 였다. 곧장 집무재로 달려간 재이는 제 눈을 의심했다. 누 르컴컴한 마당이 차라리 추국장이었다. 횃불을 등진 노비 들의 칼눈이 일제히 한곳에 꽂혀 있었다. 그 경멸이 고인

곳에 한 사람이 있었다. 고신이 계속된 듯 나무 의자에 결박된 이는 피범벅이었다. 단단히 뭉친 인파의 틈바구니를 비집고 들어간 재이의 눈빛이 순간 충격으로 물들었다. 피떡이 된 몸을 힘겹게 가누고 있는 것은 다름 아닌 을분 어멈이었다.

오늘 아침, 안채 마당에서 막힌 우물을 뚫던 인부들이 새파랗게 질렸다. 파낸 진흙더미에서 삭은 비단과 자그마한 인골을 발견한 탓이었다. 나이 든 노비들은 함께 나온 천 조각을 쉬이 알아보았다. 을분 어멈의 손수건이었다. 그녀가 잡혀오고 추국이 시작되었다. 형틀에 묶여 주리가 틀렸건만 생때같은 을분의 목숨이 달려 있기에 입은 쉬이 열리지 않았다. 하나 생살이 타들어가는 인두엔 어미도 별수 없었다.

"십 년 전 그날…… 빨래를 널고선…… 안채로 와보니께 그땐 이미…… 즌작에…… 제가 그런 게 아녀유! 증말 아녀유!"

"제대로 고하지 못할까!"

심열국이 득달같이 호령하였다.

"도련님께서는…… 안채 처마에 달린 제비집을 구경허시다가…… 사다리에서…… 사다리에서 까꾸러진 모냥새로…… 뒤통수에 피를 철철 흘리시면서…… 땅바닥에…… 으흐흑…… 이년이 다급허게 요 손수건으로 지혈을 혔어유. 혔는디 도련님께선 진즉 맥을 완전 놔버린 뒤

228

였어유. 이년이 죽인 것이 아녀유, 진짜 아녀유, 절대 아녀유. 지는 그저…… 누명을 쓸까 겁이 나서…… 그려서 그만…….”

“해서! 그 어린 것을 그대로 우물에 처넣었단 것이냐!”

십 년 전 기해년. 민씨 부인이 절에 다녀오던 날이었다. 재이에게 금족령이 내려진 탓에 을분 어멈은 하루 종일 홍랑 도련님의 뒤꽁무니를 쫓느라 진을 뺐다. 보수작업이 한꺼번에 시작되고 인부들까지 왔다 갔다 해대는 터라 정신없는 와중에 일이 터졌다. 을분 어멈이 잠깐 빨래를 널고 안채 마당으로 돌아왔을 때 눈앞에 펼쳐진 건 피바다였다. 다른 데도 아닌 도련님의 뒤통수에서 무섭게 번져 나온 피가 이미 축축하게 흙을 적신 후였다. 사다리가 있는 것으로 보아 도련님은 처마 밑에 있는 제비집을 들여다보다가 떨어진 게 분명했다. 을분 어멈은 경악하여 목에 둘렀던 손수건을 얼른 풀어내었다. 하나 조그만 머리통은 쉬이 지혈되지 않았다. 의원을 청하려 벌떡 일어난 그녀의 시야에 들어온 건 새끼 제비들이었다. 째재재잭! 짹짹! 날래게 어미 제비가 돌아오니 새끼들이 앞다투어 아우성이었다. 그 절체절명의 순간에 유모는 멈칫하였다. 퍼뜩 떠오른 제 딸년 때문이었다. 눈앞의 도령보다 고작 두 살 많을 뿐이었다. 하나 도련님이 잘못되시면 유모인 저는 물론, 제 딸까지 죽임을 당할 것이 자명하였다.

사색이 된 유모는 축 늘어진 도련님을 안아 들곤 주위를 둘러봤다. 안채라서 누구 하나 얼씬거리는 이가 없었다. 한참 우물을 메우느라 흙이며 자갈이 무덤처럼 쌓여 있었다. 을분 어멈은 눈물을 머금고 입술을 앙다물었다. 곧 도령의 작은 몸이 우물 속으로 꼬꾸라졌다. 둔탁한 추락음과 동시에 그녀는 날래게 자갈을 퍼부었다. 마당의 핏자국 위에 고운 흙을 다시 깔고 그 위로 공사 자재들을 대충 쌓았다. 마님의 가마가 들어선 것은 그때였다. 상단이, 도성이, 아니 조선 전체가 홍랑의 실종으로 발칵 뒤집히고 나서야 유모는 소리 내어 펑펑 울었다. 그제야 제가 무슨 짓을 한 것인지 실감이 났다.

자포자기한 을분 어멈이 이실직고를 하자 마당을 빼곡히 메우고 있던 노비들 사이에 드글드글 소란이 들끓었다. 심열국이 어금니를 문 채 읊조렸다.

"저것의 딸년을 끌고 와."

"으르신! 워째 그러셔유! 우리 을분인 암것두 몰라유, 증말 몰러유! 참말이어유! 천벌은 지가 받어야쥬, 지가 죽일 년이어유, 지가! 으르신! 으르신!"

종잇장처럼 펄럭대며 끌려온 을분이 웃전 앞에 무릎 꿇렸다. 심열국이 손수 환도를 뽑아들었다.

"아버님!"

재이의 외마디 비명이 들리지 않는 양 심열국은 장검을 높이 쳐들었다. 몇몇 여종들은 눈을 질끈 감고 고개를 외

230

틀었다. 무거운 정적에 휩싸인 집무재 마당에 타닥타닥, 횃불의 불티 소리만 울려 퍼졌다. 휘익! 심열국이 맵차게 칼날을 내리그었다. 죄 많은 어미는 그 자리에서 까무룩 정신을 놓았다.

"시체는 치우고, 저년은 날이 밝는 대로 회령의 소금 노역장으로 끌고 가라! 절대 죽지 못하도록 재갈을 단단히 물려야 할 것이야."

심열국이 읊조리듯 하명하였다. 점점이 튄 핏방울들이 그의 얼굴에서 주르륵 흘러내렸다.

다음 날. 죄인 호송이 끝났음을 고하려 집무재에 든 방지련은 쓰러져 있는 심열국을 보고 기겁을 했다. 곧바로 든 엄의원은 크게 고개를 가로저었다.

"석청 독입니다. 어찌 이리 오랫동안 복용하셨단 말입니까!"

"도…… 독이라 했는가! 그럴 리가!"

"손 쓸 단계가 지났습니다. 어질증이 심했을 텐데 어찌 여직 버티셨는지."

홍랑이 구해온 금강산 석청. 민씨 부인의 명에 따라 방지련은 그것을 아침마다 상전께 올렸다. 홍랑의 정체를 알고도 석청을 의심하진 않았다. 홍랑도 그것을 꾸준히 마셨기 때문이었다. 제 눈으로 본 것만도 여러 번이었다. 한데 독이라니! 당최 말이 되질 않았다.

"방도는? 방도는 없는가?"

"어의를 모셔 온들 도리가 없을 것입니다."

엄의원이 송구스러운 듯 고개를 수그리고 나갔다. 문 틈새를 비집고 들어온 돌개바람에 서안 위에 있던 작품 하나가 툭 떨어졌다. 방지련은 무심히 족자를 집어 들었다.

"으아아아아앗!"

그가 경기를 하며 까무러쳤다. 고급으로 표구된 것은 다름 아닌 춘화도였다. 꺼칫하게 말라붙어 생기도 색감도 깡그리 잃은, 홍랑의 것이었다.

죽을 때까지 금을 삼키는 형벌, 탄금

이른 아침. 삼지창과 월도를 든 수십의 금군들이 기습적으로 집무재를 포위했다.

"죄인을 끌어내라!"

무장한 군사 둘이 문을 부수고 짓쳐들어 이부자리에 누워 있던 심열국을 질질 끌고 나왔다. 마당으로 붙들려 나와 순식간에 무릎 꿇린 그의 정수리 위로 임금의 교지가 펼쳐졌다.

"죄인 심열국은 들으라! 너는 수년간 금괴와 은괴를 위조하고 유통시켜 조선 상권을 어지럽혔고 국법으로 엄히 금지된 인신매매를 일삼았다!"

"네 이놈! 그 무슨 망발이냐! 내가 누군 줄이나 알고…… 중상모략이다!"

"네 죄가 그뿐만이 아니다! 한평 대군을 사칭, 조악한 위조품을 청과 왜에 팔아 국격을 떨어뜨렸으며 진실을 고변하려던 양자 심무진마저 죽이고 자살로 위장하여 일을 은폐하고자 하였다!"

한평 대군 사칭이라니! 그것은 다름 아닌 역모였다. 심열국은 이제야 사태의 심각성을 인식했다. 민상단을 몰락시키는 것에 그치지 않고, 누군가 자신을 갈가리 찢어 죽이려 작정하고 판을 짠 게 분명했다.

"이, 이것 보시오, 내금위장! 모함이요, 모함이란 말이오!"

"여봐라! 대역 죄인을 당장 포박하여 끌고 가라, 어서!"

"아니오! 내가 아니란 말이오! 이놈들아! 당장 이 손 놓아라! 내가 누군 줄 알고! 당장 놓지 못할까!"

오후가 되자 피둥피둥한 여종 두 명이 요암재에 들이닥쳤다. 재이의 옷이 무작스레 벗겨졌다. 그리고 준비되어 있던 의복들이 하나씩 꿰어 입혀졌다. 마지막은 붉은 능라에 색동으로 소매를 꾸미고 휘황하게 금박을 물린 활옷이었다. 머리와 면 단장은 단출하게 끝났다. 대충 구색을 맞추었을 뿐인데도 재이는 궁궐의 새 신부마냥 화려하였다. 다만 독기뿐인 눈초리만은 팔려가는 계집종의 그것이었다. 그제야 들어온 민씨 부인은 만족스러운 듯 고개를 끄덕였다. 지금의 상황을 타파할 뇌물로 청나라 역관 진희량에게 딸년을 보낼 참이었다. 그 속내를 파악한 재이

가 여종들을 뿌리치곤 자개함을 꺼내 던졌다.

"이래도 절 보내실 수 있겠습니까, 이래도!"

고이 접힌 문서들이 일제히 휘날렸다. 제가 아드님에게 넘긴 재산문서들을 휘적휘적 펼쳐본 민씨 부인의 얼굴이 가관이었다.

"당신이 철석같이 믿었던 가짜 아들놈! 그놈은 재산을 몽땅 나에게 주었습니다. 이제야 속으신 걸 인정하시겠습니까!"

"그럴 리가……!"

"진짜 홍랑은 이미 죽었습니다. 내가 아버님의 유일한 핏줄이란 말입니다, 내가!"

"그럴 리 없다!"

"천하의 아버님이라도 역모죄를 쓰고 어찌 목숨을 보존하겠습니까? 이제 어쩌실 겝니까? 자식 잃고, 부군도 잃은 아녀자가 그리 끔찍이 여기던 재산도 없이! 대관절 어찌 사실 작정이십니까!"

"육손아! 육손이 게 있느냐! 이년이 도대체 뭐라는 게냐? 내 아드님이……."

민씨 부인이 흰자위를 까붙인 채 치를 떨었다. 날래게 들어온 육손이 그녀를 부축하며 급히 아뢰었다.

"어르신께서 고신을 받으시다 정신을 놓으셨다 합니다. 아무리 금군청이라 해도 분명 들어갈 방도가 있을 것입니다. 서두르셔야겠습니다."

곱다랗게 올린 머리채에서 거추장스러운 금비녀를 뽑아내며 재이도 급히 몸을 일으켰다. 굵게 땋은 머리 타래가 스르르 풀려 흘러내렸다.

"아버님을 저도 뵈어야겠습니다."

"여기서 단 한 발짝이라도 움직이면 네년을 베라 명할 것이다. 내 못할 성싶더냐!"

민씨 부인의 포효에 육손이 단단히 칼자루를 거머쥐었다. 함부로 몸을 놀렸다간 진정 안주인의 명대로 될 것이라 협박하듯이. 결국 재이는 요암재에 홀로 남았다. 아비가 저승사자의 기별을 받는 것을 끝내 구경만 하게 될 판이었다.

심열국은 타는 듯한 목마름에 눈까풀을 밀어 올렸다. 지푸라기가 얇게 깔린 옥사에 들창조차 없는 것을 보니 금군청의 가장 후미진 곳인 듯했다. 입안이 파싹 말라 더 이상은 비릿한 피 맛도, 어금니가 부러져 나간 고통도 느껴지지 않았다. 그저 미친 듯이 목이 말랐다.

"어헉!"

부러진 관절들이 여기저기서 아우성이었다. 하나 구석에 놓인 목각 대접을 발견한 그는 족쇄를 매단 채 어기적어기적 무릎걸음을 걸었다. 거기에 제 흉한 몰골이 훤히 비칠 만큼 맑디맑은 정화수가 놓여 있었다. 찰랑거리는 생수를 허겁지겁 들이켜며 그는 웃었다. 천하의 금군청에

이미 제 사람의 손이 닿아 있
다니 좋은 징조였다. 한 방울도 남
김없이 깨끗하게 물그릇을 비우고
나니 갈증과 불안이 함께 잦아들었다. 그
제야 목창 밖에서 안으로 길게 늘어진 그림자가
보였다. 홍랑이었다.

"네…… 네놈이 살아 있었더냐? 그 큰 등가죽을 다 벗
겨내고도?"

"값비싼 표구까지 해서 보냈는데, 감상은 잘 하셨나?"

"천하의 독종!"

"진짜 독한 게 누군데. 그 무자비한 금군의 고신에도 입
뻥긋을 안 했다지?"

"금상을 움직이다니 제법이다만 조선이 어디 그 허깨비
의 것이더냐? 두고 보아라. 이 나라가 누구 손에 움직이는
지! 돈은 절대 배신하지 않아. 내일 아침이면 난 여길 뜰
것이다."

"아니, 오늘 밤 넌 죽는다."

"설마 그깟 석청 따위로 날 어찌할 수 있다고 생각하는
게냐? 짚신 한 짝부터 옥새까지, 세상에 민상단을 거치지
않은 물건은 없다. 해독제 정도야 쉬이 구할 수 있는 것을."

"아니, 넌 탄금형으로 죽는 것이다."

죽을 때까지 금덩이를 삼켜야 하는 고대의 형벌, 탄금.
배 속이 금덩이로 가득 차서 장이 파열되고, 다리가 부러

져 일어설 수조차 없게 되며, 결국 기혈이 모두 막혀 사지가 썩어 들어가는 걸 지켜봐야만 하는 끔찍한 형벌이었다.

"무슨 헛소리더냐?"

"네 옆에 누가 남았어? 아무도 없잖아. 결국 일생토록 네가 한 짓이라곤 허겁지겁 금을 삼킨 것뿐이지. 탄금으로 죽으면 시신도 못 배겨나. 쩐에 환장한 것들이 허겁지겁 달려들어 네놈의 배때기를 가르고 서로 금덩이를 꺼내 갖겠다 야단법석을 떨어댈 테니까. 혹시 대가리에도 잔뜩 금이 들었나 싶어 골마저 깨부술 테니까."

"닥치지 못할까!"

"재미있는 거 알려줄까? 민씨 부인이 선수를 치셨어."

"뭣이?"

"퍽도 걱정되었겠지. 옥고를 치르는 부군이 아니라 제 안위가. 혹여 네놈이 고신을 못 견뎌 죄를 인정하면 대역 죄인의 처는 강등되어 노비가 되니, 행여나 팔자에 없는 천한 짓거릴 하게 될까봐 고고한 마님께서 얼마나 불안하셨겠어?"

"······!"

"물맛이 좋았나 봐, 잘도 마시던데."

빠짝 얼어붙었던 심열국은 곧 옥사의 목창을 뽑아낼 듯 쥐고 흔들어대며 악악거렸다.

"게······ 게 누구 없느냐! 아무도! 아무도 없느냐! 우에 엑! 으웩!"

격한 포효에도 아무 기척이 없자 그는 삽시간에 제 배를 부여잡고 억지 토악질을 해대었다. 그것 또한 맘대로 되지 않자 결박된 손을 목젖 끝까지 쑤셔 넣으며 몸태질까지 쳐댔다. 발광에 가까운 그 악다구니질이 참으로 가관이었다. 그 우스꽝스러운 끝을 홍랑은 두 눈 크게 뜨고 똑바로 지켜보았다. 민씨 부인이 어찌나 맹독을 썼는지 그마저도 길지 않았다. 뒤틀린 얼굴을 한 채 심열국은 스러졌다. 참으로 시시한 죽음이었다.

"하아아아……."

옥사에 적막이 흐르자 홍랑의 입에서 탄식이 터졌다. 신바람에 춤판이라도 벌여야 하건만 어쩐지 크게 목을 놓아 울고만 싶어졌다. 허탈감이 밀려들었다. 원통함이 풀어지기는커녕 더 서러워졌다. 미칠 듯이 억울했다. 누구를 위한 복수인가? 무엇을 위한 복수인가? 아니, 과연 복수이긴 한가…… 끝내 아비를 잃은 재이까지 눈에 밟혀 목구멍에 가시가 걸린 듯 따끔하였다.

다음 생에 다시 만나면

    재이는 거치적거리는 활옷 소매를 추스르며 허겁지겁
벽장을 뒤적였다. 곧 검은색 종이로 싼 약초 꾸러미가 나
왔다. 불면이 길어지던 때에 을분 어멈이 넣어둔 수면초
였다. 정성스레 접힌 약종이에 재이가 울컥하였다. 마치
어미처럼 평생 저를 살뜰히 챙긴 유모였다. 한데 그 한결
같은 성심 또한 그저 죄책감 때문이었던가. 을분 어멈을
떠올리니 고단함에 외로움까지 들러붙었다. 그만 잠이 들
고 싶었다. 모든 것이 이대로 끝이 났음 했다. 재이는 뭉
텅, 수면초를 집어 화로에 처넣었다. 꽁지에 불이 붙은 건
초는 불구덩이를 탈출하려는 듯 부질없이 몸을 뒤틀었다.
연기가 뿜겨져 나오자 단장한 그녀의 얼굴이 녹작지근하
게 풀어졌다. 주위가 어두워지는 속도에 맞춰 서안 위의 야명주가 희미하게 발광하였다. 그 둥그런 초록빛을 잡아채는 순간 재이는 죽음 같은 잠에 빠져들었다.

걸쭉한 어둠에서 덜컥 떨어져 나온 것은 검은 옷을 입은 홍랑이었다. 상단에 숨어들어 곧바로 안채로 가려던 그의 발걸음이 끝내 요암재의 담을 넘었다. 꼭 재이의 얼굴을 보겠단 것은 아니었다. 궁상맞은 넋두리를 쏟아내며 추하게 무너질까봐, 초라한 제 주제만 곱씹게 될까봐, 그게 행여나 제 마지막 모습으로 남게 될까봐 장지문 너머 그림자만 보고 돌아서겠노라 다짐한 참이었다. 한데 갑자기 쏟아진 폭설이 쓸데없는 감정을 불렀다. 첫눈치곤 눈발이 너무 굵었다. 탐스러운 은싸라기가 모든 허물을 덮어줄 것이라 부추겼다. 윤곽만 남은 그의 어깨 위에도 다소곳이 눈송이가 내려앉았다. 밤의 설화가 서럽도록 화사했다. 평정심을 완전히 잃었다. 하긴, 생의 마침표를 찍으며 평온을 운운하는 자체가 무리일 터였다. 홍랑은 빨갛게 언 손을 비장하게 제 가슴께에 가져다 대었다. 그래, 거세게 미쳐 날뛰는 대로 두자. 돌연 어질증이 엄습했다. 조금씩 독 기운이 도는 모양이었다. 석청은 자신과의 약속이었다. 다행히 그것은 착실히 생을 갉아먹으며 효력을 발휘하고 있었다. 제 숨은 멎는 중이었다. 안도감이 몰려왔다. 시나브로 차분해진 눈동자가 은색 눈가루를 뚫고 재이의 창으로 향했다. 미세한 불빛이 새어 나오고 있었다. 촛불이라 하기엔 너무나도 미약한. 일순간 눈바람에 짙은 향이 실려왔다. 쭈뼛 감각이 곤두섰다.

'수면초!'

한달음에 재이의 방에 들어선 홍랑은 연신 기침을 해대며 창문부터 열어젖혔다. 화로 안의 깜부기불을 잽싸게 헤집어내고 휘적휘적 팔을 저어 연기도 몰아냈다. 자욱한 기운이 물러가는 방 한가운데서 야명주를 품은 여인이 서서히 드러났다. 콰장창창! 홍랑의 심장이 산산조각 났다. 신비로운 녹빛에 함빡 젖어 고혹미를 발산하는 여인은 활옷차림이었다. 만개한 동백꽃처럼, 동그랗게 펼쳐진 붉은 치마를 이불 삼아 잠든 새 신부였다. 요염하게 늘어진 몸이 역설적으로 한없이 가랑가랑하였다. 넋을 놓았던 홍랑이 무릎을 꿇고 앉아 여인의 어깨를 소심하게 부여잡았다.

"정신 좀…… 차려봐."

그러나 얄포름한 눈꺼풀엔 떨림조차 없었다. 조급해진 홍랑이 채 아물지 않은 제 등도 아랑곳 않고 재이를 답삭 안아 들었다. 가녀린 육체가 순순히 딸려왔다. 기려한 목선이 뒤로 한껏 꺾이고 다보록한 활옷이 축 늘어지며 나팔꽃 모양을 만들어냈다. 언젠가 앵도색 연지는 어울리지 않는다고 타박까지 하였건만, 품에 안긴 여인은 살짝 벌어진 붉은 입술로 자꾸만 미색을 뿜어댔다. 툭, 재이의 품에서 영혼의 한 조각마냥 야명주가 떨어져 나왔다. 그리고 또르르르…… 홀로 굴러 보초를 서듯 장지문 앞에 멈

244

쳤다. 재이의 행색이 돌아가는 상황을 설명하고도 남았다. 홍랑은 초조하게 바깥 동태를 살핀 후 쪽방 문을 열었다. 나무문이 달려 있어 그림자가 새어 나가지 않을 안전한 공간이 그뿐이었다.

곧 두 사람만으로 꽉 찬 쪽방에 작은 황촛불이 놓였다. 그림자가 표정 없는 재이의 윤곽을 매만지자 덩달아 홍랑의 숨소리도 덤거칠게 타올랐다. 재이를 반듯하게 눕힌 뒤 옷고름을 풀어 숨통을 틔우려던 손이 멈칫하였다. 초야를 치르는 듯 느껴진 탓이었다. 거듭 눈을 부릅뜬 홍랑이 조심스레 활옷 고름을 풀어 젖혔다. 하나 그 속엔 팍팍하게 가슴을 졸라맨 치마 두세 겹에 그 아래 속곳이 또 서너 겹이었다. 매듭을 어찌나 꽁꽁 싸맸는지 앙가슴엔 울혈이 잡히고, 젖무덤은 팽팽하게 도드라졌다. 억눌린 능선에 닿은 투박한 손끝이 잘게 떨렸다. 손바닥에 흥건히 배어 나오는 생땀을 닦아내며 홍랑은 입술을 앙다물었다. 여인의 치맛말기 하나 풀어내기가 이리도 어려운 것이던가. 손 마디마디 핏기마저 사라지고 참을성은 바닥났다. 비수를 꺼내들었다. 매듭을 모조리 싸잡아 단박에 끊어내자 물컹하게 젖무덤이 풀어졌다. 그제야 재이의 눈꺼풀이 열렸다. 홍랑이 엄지와 검지로 그녀의 턱을 들어 올렸다.

"재이야."

풀려 있던 초점이 따스한 음성을 잡아냈다. 재이는 아질하게 가늠하였다. 이것이 꿈일까 하고. 꿈이라면 그래, 그냥 이렇게 마주 보고 있는 것도 나쁘지 않을 것이다. 한데 환영이라 하기엔 내리깐 사내의 눈시울이 너무 아팠다. 망연한 눈망울 아래 드리워진 그림자 또한 너무 짙었다. 벽에 등을 기대앉으려는 재이를 홍랑이 부축하였다. 그 다부진 근육에 재이는 실감했다. 눈앞의 사내가 허상이 아니라는 것을. 그의 시선이 제 저고리께에서 방황하자 재이는 그제야 휑한 가슴팍을 느끼고 앞섶을 움켜쥐었다. 하나 의복이 헤집어진 불쾌함도, 지난날의 원망마저도 잊은 채 그가 살아 있어 다행이라는 안도감만이 밀려들었다. 한데 이상했다. 홍랑이 흑색 무복 차림이었다. 바짝 졸라맨 허리가, 이마에 질끈 묶은 머리띠가 굳은 결의를 드러내었다. 허리춤엔 섬뜩한 쇠자루칼이 드리워져 있었다. 이 밤이 생의 마지막이라는 걸 증명하듯, 범접하지 못할 기운이 그를 감쌌다. 재이가 덥썩 그의 팔을 잡았다.

"기어이…… 끝을 보려느냐? 뭐가 급해서 이리 서두르느냐? 대체 세상 저 너머에 뭐 좋은 게 있다고!"

"칼잡이 짓을 했으면 벌을 받아야지. 내 마지막 표적, 나야. 그래야 말이 되지. 매일 밤 나도 석청을 마셨다."

"어찌!"

"네가 자꾸 헛꿈을 꾸게 해서, 내 분수를 잊게 해서, 점점 더 살고 싶어져서."

"죽긴 왜 죽어? 끝까지 보란 듯이 잘 먹고 잘 살아야지. 누구 좋으라고 죽으래!"

언젠가 홍랑이 제게 했던 말을, 재이는 되뇌었다. 무릇 죽지 말아야 할 사람이 있다. 재이에게 그것은 눈앞의 사내였다. 홍랑이 온몸으로 짊어진 슬픔의 무게를 감히 제가 덜어주고 싶었다. 네 잘못이 아니라고, 원치 않은 삶에 맹렬히 투쟁한 것뿐이라고 위로하고 싶었다. 하나 그의 삶을 잠식한 고초를 감히 헤아릴 수조차 없어 화가 났다.

"내가, 널! 내가 널…… 걱정하였다. 죽었을까봐. 다신 안 돌아올까봐!"

홍랑의 면에 쩍, 빗금이 갔다. 기다렸구나, 나를. 온몸의 혈액이 휘몰아쳐 심장으로 쏠렸다. 충혈된 눈동자가 순간 갈 곳을 잃고 천장으로 솟구쳤다가 황촉 끝에 추락했다. 깊어진 동공이 갈피를 잡지 못하고 촛불 끝을 타고 이리저리 흔들렸다. 돌연 잔인한 생존 욕구가 들끓었다. 치열하게 살아보고 싶어졌다. 홍랑은 재차 갈등하는 자신을 모질게 몰아세웠다. 피어오르는 미련을 가차 없이 잘라낸 육체가 분연히 일어섰다.

"정신 차려. 동이 트면 네가 상단주니까. 집무재 차지하고 앉아서 마음껏 돈 벌어. 막딸이 따위로 태어나고 싶단 그런 바보 같은 생각 다신 안 들 만큼."

"바보 같은 게 누군데? 맘속에 있는 말도 못 하고 죽겠다는 게 누군데!"

여인의 피 끓는 외침이 들리지 않는 양 홍랑은 돌아섰다.

"누가 마음대로 떠나도 된다 하였느냐! 아직 동백꽃도 피지 않았다. 춘백도 보지 못했단 말이다!"

순간 재이가 다급히 일어나 그의 등을 감싸 안았다.

"으윽!"

괄괄한 신음을 토해내며 목울대가 요동쳤다. 빠드등한 통증이 단박에 발끝까지 쇄도하였다. 홍랑은 극심한 작열감에 고개를 젖히며 어금니를 윽물었다. 끝내 등에 장방형 핏물이 배어 나왔다. 그것을 본 재이가 경악으로 헛숨을 삼켰다. 불쑥 튀어나온 깨달음에 와락 눈물이 솟구쳤다. 정녕 이 사내를 구원할 수 있는 건 죽음뿐이구나…… 무너지는 억장을 애써 추스르며 재이는 조심스레 홍랑의 가슴팍에 두 손을 얽었다. 넓디넓은 활옷의 색동 소매는 사내의 몸씨를 완전히 휘감았다. 그의 고통을 모조리 삼켜버리고 싶었다. 몸뚱일 안고 있는데도 영혼까지는 다독일 수 없어 피가 말랐다. 재이의 눈엔 이렇듯 헌칠한 사내가 꼭 날개 꺾인 새처럼 애처로웠다. 애상은 금세 사내의 가슴으로 옮아갔다. 내리감은 홍랑의 눈에서 고달픈 눈물이 쏟아졌다. 사랑에 대가가 따른다는 걸 몰랐다. 한 번도 사랑받은 적 없어서, 한 번도 사랑했던 적 없어서 사랑은 공짜인 줄만 알았다.

"다음 생엔 절대 만나지 말자. 다신 내 눈에 띄지 마. 열심히 숨어. 최선을 다해서 도망가. 다시 만나면 그땐 널

가만두지 않을 테니까."

곧 죽기를 각오한 이가 다음 생을 말했다. 다음 생엔 이
따위 복수 말고 너에게 목숨을 걸 거라는 진심은 끝내 유
언이 되지 못했다. 제 가슴을 옥죈 가느다란 손가락을 홍
랑은, 심장을 파내듯이 하나하나 떼어냈다. 끝까지 잡아
당긴 새총처럼 팽팽해진 감정을 더 이상 지탱할 수 없어
그는 문고리를 검세게 잡아챘다. 그때였다.

"지난여름! 난 세상에서 가장 행복한 여인이었다. 돌아
온 아우 때문이 아니야. 그가 아우가 아니었기 때문이다."

재이의 말에 휙 돌아선 홍랑의 눈에 파랑이 일었다. 새
총은 발사되었다. 성난 육신이 그대로 여인의 활옷을 덮
쳤다. 메마른 입술이 붉은 연지를 집어삼켰다. 굶주렸던
짐승은 가녈한 목을 답삭 틀어쥐고 허겁지겁 다디단 숨
결을 들이켰다. 사내의 단전에서 화르륵 열기가 피어올랐
다. 끝내 얄따란 허리를 파고든 그의 손목에 맹렬하게 핏
줄이 솟아났다.

별안간 좁은 세상이 이지러졌다. 재이의 시야가 반전되
고 찬 바닥에 등이 닿았다. 그녀를 바라보는 홍랑의 눈망
울이 촛불에 어룽어룽 흔들렸다. 낙엽 빛깔로 촘촘히 물
든 그 속눈썹을, 봉숭아물이 남은 재이의 손끝이 쓸어내
렸다. 먼 훗날 눈을 감고도 떠올릴 수 있도록 이 순간을
기억하려는 것이었다. 홍랑은 그 여릿한 손을 제 가슴에
가져다 댔다. 막판에 다다른 것을 아는 듯, 심장은 있는

힘껏 박차를 가할 뿐이었다.

"처음부터 이 감정을 무시하지도 부정하지도 말았어야
했어. 이젠 마음 가는 대로 둘 거야. 뒷일은 생각 않기로
했어. 어차피 이 밤이 마지막일 테니까."

재이의 뺨에 서글픈 볼우물이 파였다. 나긋한 입맞춤은
한순간 끝을 직감하고 격렬하게 뒤바뀌었다. 시린 열기
에 둘의 숨결이 재차 보태졌다. 쪽방만 한 세상에 하염없
이 숫눈송이가 내렸다. 눈설레가 유난했다. 설빙화가 피
어났다.

검푸른 새벽. 안채 마당을 딛고 선 홍랑의 한숨이 허공
에 푸스스 흩어졌다. 때 이른 폭설에 세상이 파묻혔다. 동
자를 삼켰던 우물에도 소담스레 눈이 쌓였다. 안방에 촛
불이 놓이자 어디에선가 무게를 이기지 못한 눈덩이 하
나가 뚝, 떨어져 내렸다. 그것이 신호인 양 홍랑은 써늘한
쇠자루칼을 뽑아 들었다. 민씨 부인을 베리라. 재이의 걸
림돌은 모두 제거하리라. 다만 단칼에 숨통을 끊을 것이
다. 그가 베풀 수 있는 유일한 자비였다. 홍랑은 단번에
안채로 돌진해 들어갔다. 훅, 촛불이 사그라졌다. 세상은
고요했다. 돌아 나온 홍랑은 저벅저벅 마당을 가로질렀
다. 점점이 발자국이 찍혔으나 함박눈에 그마저도 곧 흔
적 없이 사라졌다.

경술년

봄눈에 핀 꽃

　민상단의 현판을 떼어내며 일꾼들이 끌끌 혀를 찼다. 조선의 제일 상단이 이리도 허무하게, 그것도 하루아침에 풍비박산 날 줄 누가 알았으랴. 기이하게도 단주 내외는 같은 날 사망했다. 심열국의 부고가 상단에 전해졌을 때, 이미 민씨 부인은 안채에서 지병으로 사망한 채였다. 불과 달포도 안 되어 견고했던 조직은 무너지고 흔적도 없이 사라졌다. 그 누구도 시체로 발견된 육손에 대해 신경 쓰지 않았다. 돈으로 엮인 인연이란 게 참으로 야박하여 썰렁한 장례엔 뜬소문만이 무성할 뿐이었다.

　재이는 요암재에서 부영을 독대 중이었다. 심열국이 역모죄를 인정하지 않고 죽었기에 양반 신분은 유지되었고,

재산증서가 모두 재이의 명의로 되어 있는 덕에 뒤처리는 수월했다. 홍랑이 과연 그녀 앞의 가시밭길을 자근자근 밟아놓은 것이었다. 부모의 초상을 치르자마자 재이는 민 상단의 어리석은 역사를 손수 닫았다. 상단 본전은 매각하고 요암재, 광명재 그리고 무명재만 제 소유로 남겨두었다. 과방과 찬간 하나만 딸린 이 작은 집에 새로 샛담을 둘렀다. 재이는 해오던 대로 다식을 판매하는 한편 상단 본채를 매매한 돈을 밑천 삼아 팔도에서 귀한 색돌을 사들일 계획을 세웠다. 유일하게 그녀 옆에 남은 부영이 그 일을 맡았다.

"저는 옥돌을 먼저 사들일 테니 어르신께서는 은장이와 패물장이를 만나……."

"그리 부르지 말래도요."

단둘뿐이라 '심상단'이라 칭하기도 우스웠으나 유일한 일꾼이자 얼떨결에 최고 행수가 된 부영은 재이를 자꾸 '어르신'이라 칭했다.

"더 이상 애기씨라 부를 수도 없지 않습니까."

정갈하게 쪽을 져 올린 재이의 머리를 보며 부영이 말했다. 정인이 죽어 영혼식을 올렸다, 애기씨는 그 말 한마디뿐이었다. 그러면서 무진에게 받은 금장도를 부영에게 주었다. 끝까지 오라비를 잘 보필해주어 참으로 고맙다고 그녀는 말했지만 부영은 알았다. 그것이 오라비의 연심을 끝내 내친 누이의 죄책감임을. 금기처럼 죽은 자들에 대

256

해선 그 누구도 언급하지 않았으나 부영은 도련님의 무덤 앞에서 약조한 바가 있었다. 홀로 된 애기씨를 잘 보필하겠다는 다짐이었다.

"어르신이라 부름을 허해주십시오."

처음 무진이라는 어린 주인을 뵙던 그날처럼 부영은 새 상전에게 깍듯이 예를 갖췄다. 자신은 더 늙었고 모시는 주인은 더 어려졌지만 장지문을 나서는 뒷걸음은 전에 없이 공손하였다.

재이가 광명재를 안채로 삼은 데엔 이유가 있었다. 이곳에서만큼은 어둠을 견딜 수 있었기 때문이다. 대청을 딛고 바라본 하늘이 석양을 품고 아질아질했다. 마지막 빛처럼 찬란하고 동시에 서글픈 그런 하늘이었다. 그 위로 또 슬금슬금 눈발이 날렸다. 해가 바뀌고 입춘도 지났건만 눈이 유난하긴 마찬가지였다. 사위가 어둑해지자 재이는 목에 걸린 야명주를 만지작댔다. 새로 생긴 버릇이었다. 내내 담담한 척하였으나 끝내 긴긴 한숨이 하얀 입김으로 흘러 나왔다. 그녀가 돌아서는 찰라, 삐그덕 대문이 열렸다. 분분한 봄눈을 헤치며 나타난 건 검은 그림자였다. 그 낯익은 윤곽에 재이의 코끝이 와락 시큰해졌다. 담벼락 아래, 눈을 인 홍동백이 툭 꽃망울을 터뜨렸다.

(끝)

홍랑―『탄금』그림판

초판 1쇄 발행 · 2024년 10월 10일

글   장다혜
그림   바나
펴낸이   김요안
편집   강희진
디자인   부추밭

펴낸곳   북레시피
주소   서울시 마포구 신수로 59-1
전화   02-716-1228
팩스   02-6442-9684
이메일   bookrecipe2015@naver.com | esop98@hanmail.net
홈페이지 https://bookrecipe.modoo.at
등록   2015년 4월 24일(제2015-000141호)
창립   2015년 9월 9일

ISBN 979-11-93551-24-0 03810

종이 · 화인페이퍼   인쇄 · 삼신문화사   후가공 · 금성LSM   제본 · 대흥제책